黄梵　著

江苏凤凰文艺出版社
JIANGSU PHOENIX LITERATURE AND
ART PUBLISHING, LTD

目录

CONTENTS

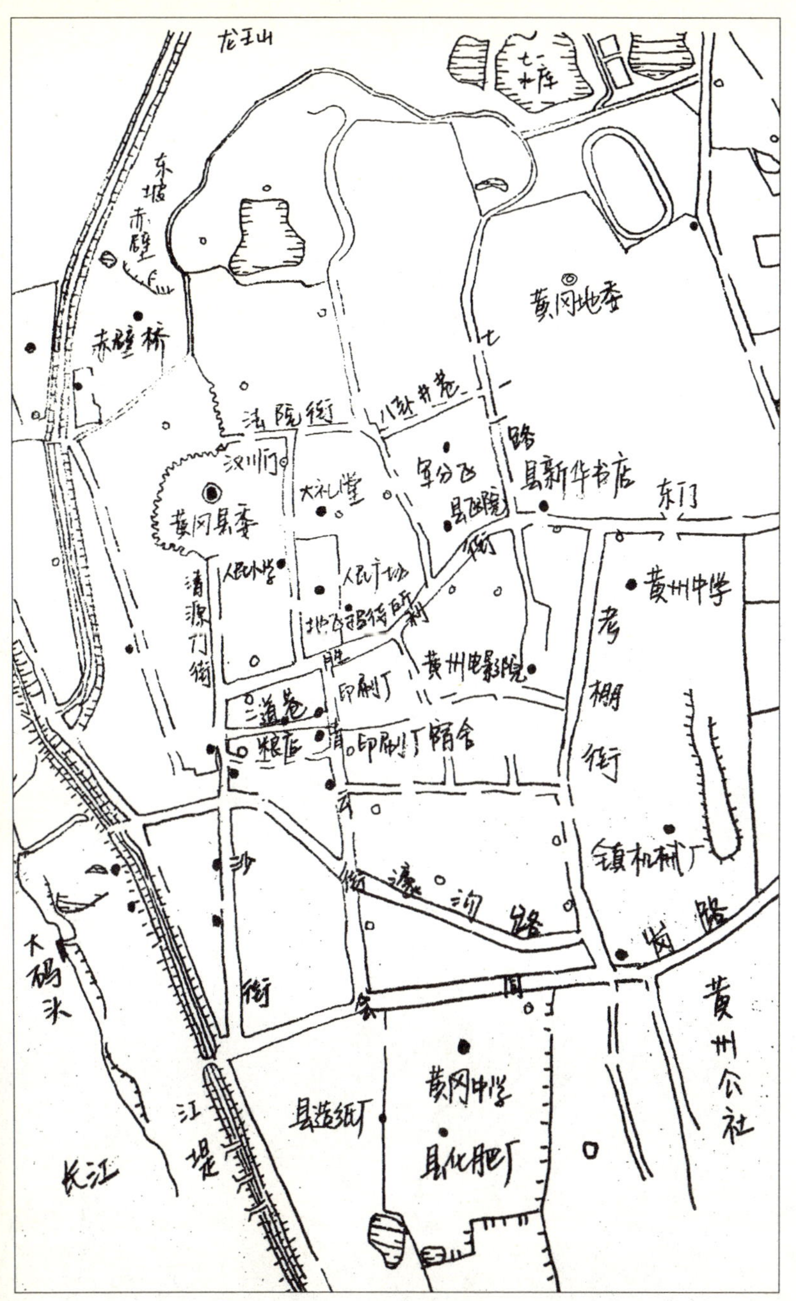

老黄州镇主要街道示意图（曲丹儿手绘）

0　引子

我第一眼就辨出了他小学时的样子。他有点胖了，脸上已有很固执的笑纹。记得小学时，他总是板着脸，不苟言笑。我们有三十多年没见面了，得知我在大学教书，他流露出了几分羡慕。他坦陈，除了打理自己的几处书店，他有个秘密爱好，尚无人知晓。在我这个老同学面前，他罕见地敞开了心扉。连他的家人都不知，他迷上了登山。他说，这种迷恋到了不可救药的程度，他预感到总有一天，他会死在某座雪山上。

那天，我坐在他书店的咖啡区，见他总是很固执地朝我微笑。他边笑，边绘声绘色讲了一个他登山历险的故事。他每次外出登山，总是对家人撒谎说出国考察书业，一出门，就十天半月杳无音信。有一年，他趁着七月的书业淡季，去攀登某座雪山，他打算先适应两次，再考虑登顶。讲述中，他屡次对我强调，他采用的登山方式，世上绝无仅有，完全是单打独斗，比人数最少的阿尔卑斯式登山还要极端。一天，他攀了一个上午，天气都很慷慨，始终能看见雪山那张美丽的白脸。到了中午，他离山顶只有二百米之遥，他一时产生了冲动，想趁机登顶。没想到，朝上攀了不到五十米，就风雪大作。他虽然不停提醒自己，再往上可能就回不来了，但他还是硬着头皮朝上攀了二十来米。他说，很奇怪，就在那时，身体出现了严重的高原反应，除了剧烈的头痛，眼睛还失明了十几秒。他意识到不能硬来，马上放弃登顶，开始转身下撤。他说，风雪就像一只白狼，不断攻击他，要把他拽倒，他不得不靠雪镐勉强稳住自己。剧烈的头痛也令他的意识开始恍惚。下到一处三十多度的斜坡时，他听到了冰雪的一两下崩裂声，他警觉地停下脚步，这是雪崩的前兆吗？他估算着需要多久才能横穿十来米的坡道。至少得一刻钟！说到这里，他脸上的微笑已变成苦笑。他说，那时他已没有选择，只能向前。后退的结果肯定是冻死，向前虽然可能遭遇雪崩，但也可能侥幸平安。他走到坡道中央时，发现脚下的积雪开始融化，顿时绝望不已，意识到雪

他说，风雪就像一只白狼，不断攻击他，要把他拽倒，他不得不靠雪镐勉强稳住自己。

崩随时会发生。他竭力驱赶会令他睡去的那股恍惚，同时让靴子小心翼翼，竭力不踩醒雪层。他说，就算在那样的险境中，面对轮番袭来的头痛、寒冷、疲惫、恐惧，有一刻，他还是感到了极度美好：整座山，正被风雪白帐罩住，他仿佛是这座哈萨克白毡房里的唯一客人，备受尊崇……他的脚刚跨上耸起的岩石，身后就腾起了蒸汽一般弥漫的白霜，只见雪层载着他刚才的那串脚印，呼啸着向山下奔腾而去，成了吞没一切的白色巨浪……

他脸上的苦笑又转回成微笑。他说，老天爷把这事办得很公平，先用雪崩的警告代替死亡，来提醒他，登山要适可而止。“你会适可而止吗？”我用神情表示了怀疑。他无奈地耸耸肩：“我也不知道。”接下来，我对他攀的是哪座雪山产生了兴趣，“你登的雪山有多高？”“五六千米。”“叫什么名字？在哪里？”一直有问必答的他，突然警觉起来：“为什么要知道这么多？我不会告诉任何人，这是我个人的秘密！”“好吧好吧！”我无奈地举起双手，表示放弃。我并不知道，他后来是否听进了老天爷的“慷慨”提醒，直到数年后的一天，我突然接到他夫人的电话：

“你是作家黄梵先生吗?”

“是的。你是……”我听到了电话另一头的哽咽声。

“你的老同学,姜浩失踪了……”

说实话,她刚说出“失踪”二字,我脑海里就立刻浮现出雪崩的场景。

“他已经失踪一个多月了,一句话也不留下就走了,不知道跑哪儿去了……”

“他可能登山失踪了。”

“什么?登山?你怎么知道?”

我只好把知道的一切告诉她,却说不出姜浩可能去了哪座雪山。

“他真狠心哪,看来他早就想好了要抛弃我和孩子。”

“你千万别这么想,他其实很在乎你们,越在乎就越怕你们担心,就越不愿告诉你们。我明天就赶过来,也许我能帮得上忙……”

我的话似乎让她的情绪平伏了不少。她说她还不明白另一件事,她在他书店的抽屉,找到了一堆手稿。她早听说姜浩想写自传,但读完手稿,她无法判定他写的是真事还是小说，只好来找我。据说姜浩的同城同学，都认定我这个作家能帮她解开一些谜团。

翌日，我坐高铁去了她家。一见面，就递给她一只牛皮信封，里面装着五千元。我不敢说是给她的捐款，怕一语成谶，只说补贴一下她寻找姜浩的花费。我拿到手稿时，改了主意，提出待我回家读完手稿，再谈谈我的看法。我认为这些手稿里，肯定还隐着一个我们都不知道的姜浩，我想把他解读出来。我陪同她把姜浩登山的线索，告诉了警方。接案的警员也是一个登山爱好者，他把我们送出警局之前，一直抱怨根本没法确定是哪座雪山，光五千米以上的雪山，全国就有六百多座……

回到家，我有点吃惊，意识到姜浩写的基本都是真事，用的也都是真名，因为他笔下写的不少故事、人物，与我从前从别人口中听到的没有什么不同。作为一个所谓的作家，我有被手稿惊醒的感觉。我马上决定，把他的手稿当作寻访故地的线索，回一趟家乡黄州。黄州电信公司的瘦叟，是我的亲戚，同时也是诗人和小说家，对此事特别关心，答应陪我一同寻访故地。

当半个多月的寻访结束，我回到南京，似乎更懂了姜浩，如同新得了一个同学。我勉力在手稿中写了一些寻访批注。姜浩夫人想知道的一些为什么，我也许并没有找到答案。但我相信，待她看完批注，倒不一定能安枕入眠，至少不会再抱怨，愤愤不平……

姜浩题记：生之意义不在故事本身，而在故事之间。

1 返乡

那些天，连二道巷的七毛，对姜浩也十分尊重。他对姜浩说的所有事，都认真对待。有一天，姜浩用兰州话说："兰州非常大，是中国最大的城市。"

为了让他相信，姜浩找了一块尖石头，趴在地上画出了兰州的主干道，画得十分夸张。换了别的孩子这么说，七毛一定会马上摇头。七毛看着地上纵横交错的"马路"，一时语塞。他蹲在地图边，静静地想了一会，入神的样子，让姜浩觉得他已不像孩子王，倒像一个生怕犯错的乖学生。他再次开口时，似乎对自己的话不大有把握了：

"可能……兰州还是要比北京小吧?!"

"哎呀，兰州真的是最大的，我住在那里还不知道吗?

有几条街长得我从来没走到头……”

“我听人说北京最大，没听人说兰州最大。”

姜浩不干了，急得已想发火：“哎呀！我画的线代表的距离很长，把整个黄州放到这个地图里，只有一个点……”

黄州镇有多大，七毛和姜浩都很清楚。星期天闲得无聊，七毛常率领二道巷的小字辈们，绕城走一圈，只为了在城边捡到一些稀奇古怪的石头。绕城一圈的时间基本是固定的，两小时！如果两小时的周长，只是地图上的一个点，七毛就得重新看待兰州了。

“嗯，你在兰州待过，对兰州有发言权，你说兰州最大，我拿不出证据反驳你，但我听说北京最大，你也拿不出证据反驳我。我们就各让一步，北京最大，兰州第二大，怎么样？”

“不行不行！这不是让不让的问题，兰州最大是事实！”

姜浩竭力想为兰州争得这份荣誉，只因为姜浩在那里待过七年，只因为他的父母还在那里支援大西北。大概为了迁就姜浩的心情，七毛站起身来，脸上浮起了怎么都行的神态：

“那好吧，兰州第一，北京第二，就这么定了！”

这可是七毛的特权！只要他一锤定音的结论，二道巷的小字辈们谁也不敢推翻。姜浩上前一把抱住了他。多好啊！北京怎么可以跟兰州相提并论呢？姜浩为突然争来的这份荣誉激动不已。过了七毛这一关，兰州就成了二道巷孩子们心中最大的城市，常有人来向姜浩请教兰州的一切，他会故意渲染黄州没有的东西。到了夏天，他会跟他们谈论冰淇淋，到了冬天，他会跟他们谈论如何穿冰刀鞋滑冰……从他们羡慕的神情能看出，他在他们眼里像兰州一样，已变得很大很大……

过了两年，姜浩父母回来探亲。母亲见面第一句话就问姜浩：“你还会说兰州话吗？你已经一口地道的黄州话了！”姜浩不解地望着母亲，心想：我说的难道不是兰州话吗？

傍晚，姜浩心事重重地去找七毛，只见七毛身上贴了好多膏药，他刚被回来探亲的父亲用棍子狠狠揍了一顿。见姜浩瞅着他浑身的膏药不敢出声，他哈哈大笑起来：“你怎么啦？是不是也被你妈揍了？看来我们同病相怜啊！”

“没有！但我妈说我讲的不是兰州话，你觉得我讲的是哪里话？”

“黄州话！”

“可……可我自己为什么感觉不到呢？”

“因为你还是个孩子！”

大概无法接受这个事实，那一夜，姜浩怎么也睡不着。渐渐地，少有人再来问他兰州的事了。光从他们无所顾忌的神情就知道，他在他们眼里像黄州一样，已变得很小很小……

批注

姜浩不知不觉学会的黄州话，牵扯到的成分，复杂得惊人。因为战国时，山东亡国君民曾南迁至此，两晋时中原豫州民众也迁此避难，黄州话随即打上了官话烙印。又因为秦汉以来，黄州长期属扬州郡县，宋、元、明时，“江西迁湖广”，黄州话还令人吃惊有着“下江话”风味。但苏东坡说过：“坐见黄州再闰，儿童尽、楚语吴歌。”明代宋登春也说过:“醉里不妨学楚语,竹枝歌好和渔郎。”他们所说的楚语,那种春秋时就与中原夏言差异显著的语言,后来受到官话影响,变成了湖北话中的楚味。到了二十世纪六十年代,这种楚味只幸存于湖北的二十一个县,黄州镇隶属的黄冈县是其中之一。武汉人距离黄州不过七十公里,却说着与四川人相近的西南官话。看完黄冈县档案馆里的方言变迁资料,我突然明白了每次回黄州,为什么得花三天才能把普通话憋进肚里,开始说出黄州话。瘦叟说,这可以解释姜浩为什么很少回黄州,他的意识和语言深处,还藏着他小时的“外来”身份,也藏着他在兰州就认定的大兰州和小黄州……

2　打架

已经到午饭时间了，夏志辉和七毛还在打架。

夏志辉本来拎着空瓶，上街打酱油，没想到路过印刷厂门口，碰到了七毛。

“装样子呀？装喝酒啊？”七毛远远对着他怒喝道，斥责完还斜眼看着他。

夏志辉本来只想办事，都快中午了，家里烧菜还等着他的酱油呢，但听了七毛的污糟话，尤其恶犬一样的恶声恶气，他就真不能只“装样子”了。他冲上前去的时候，本可以抡起手中的瓶子，但他没有。一来他并不想置对方于死地，二来瓶子那时很值钱，退酱油瓶可以退回一毛钱，这钱够他早晨买两根油条呢。等把瓶子在墙根放稳当，他才空着双手冲上去……

七毛呢，那天本无打架的计划，一般星期天他也很少会在二道巷转悠。他早已厉害到成了二道巷的孩子王，这块无冕之王的牌子，间接保护了二道巷的孩子们——七毛的厉害已驰名遐迩，令其他巷子的恶少不敢轻易窜进二道巷。

七毛那天心情不好，不知什么原因，他父亲在内蒙古自杀了。他记不清自己多大，父亲就去了内蒙古，当时说是去内蒙古办事，他大了才知父亲是去改造思想。他从只有父亲的膝盖高，一直长到够着父亲的肩膀，父亲都没有调回来。父亲数年才回来一趟，一般住下不到两天，就会用棍子暴打他一顿。这说明父亲又从街坊邻里，听到了七毛打架的"英雄事迹"。他在父亲面前从不逞英雄，任父亲挥着棍子，概不还手，愣让父亲把手臂抡酸。小子真有种！每回父亲放下棍子，心里痛楚楚的，又不得不佩服儿子很像自己当年，活脱一个宁死不屈的英雄。打完，家里的气氛就变得肃穆，七毛就盼着父亲早点滚回内蒙古，继续改造思想。他甚至纳闷，几天前自己还盼着父亲回来呢，怪事！

这么大的事，居然没有任何解释，组织上只捎来一句冷冰冰的话：你父亲自杀了，过些日子会捎来骨灰。唉，那代表着父亲的骨灰再也不能把他七毛怎么样了。他木然地走在二道巷的磨刀石路上，还没走到头，已怀念起棍子落在他身上的那些疼痛。真他妈的怪事！

他是不许自己哭的，哪怕眼睛里有一担水，也不许流出来。他给自己找到了一条情绪出路：大声喊！但一抬头，发觉自己已走到县印刷厂门口，看见靠门一侧的砖墙上钉着一块木牌：生产重地，禁止喧哗！这是什么幺蛾子呀？他正需要喊一喊，偏有块牌子不许他喊。我可不好惹！他打算趁着没人，扒下墙上的牌子，扔进垃圾箱。

不知是不是老天爷有意安排，他正怒视着“禁止喧哗”四个字，却瞥见夏志辉慢悠悠地走过来了。妈的，这不是存心坏我事吗？夏志辉还拎着一只空瓶子，更让他恼火。这种馊事他以前也干过，树立孩子王的威信期间，他明明只拿着一瓶酒，手上偏要多拎一只空瓶，好让其他孩子以为他刚喝过一瓶……

一个是孩子王，一个是小字辈们公认的力气王，双方动起手来，自然大有看头。周围原本没有人，但没一会，两人就觉得周围像有了一支军队。平时那些胆小，夹着尾巴的小字辈们，如同蟑螂嗅到了食物，纷纷从犄角旮旯探出身，蜂拥而至。夏志辉屡屡差点扳倒七毛，这令周围的孩子有了豹子胆，竟敢当着孩子王的面，为夏志辉喝彩！喝彩声还越来越高呢。是啊，他们都盼着换个孩子王，早腻烦了七毛的老一套，觉得随便换谁来当孩子王，都比七毛的老一套要新鲜。

不知是夏志辉力气大，还是对七毛的打架套路烂熟于心，七毛动用了所有招数，居然全被夏志辉拆解。七毛没了招，只好和夏志辉一样，双手死死抓住对方的膀子，活脱一场蒙古式摔跤！夏志辉有力气，在这场“蒙古式摔跤”中略占上风。有一回合，七毛的膝盖已经着地，但神奇的是，夏志辉没有趁机推倒他，七毛又起死回生，膝盖触地弹了起来。两人越掐，七毛的前景越黯淡，他已精疲力竭，手脚渐渐不听使唤。喝彩声已像唱腔一样高亢了，夏志辉眼看可以扳倒七毛了，他就要当孩子王了。小字辈们睁大眼睛，发现夏志辉居然鸣锣收兵了。夏志辉松开双手，退后两步用来防身，令高亢的喝彩声，变成了“喔——”的惋惜声。夏志辉没让七毛吃亏，令七毛化险为夷。七毛是分得清好歹的，

七毛没了招，只好和夏志辉一样，双手死死抓住对方的膀子，活脱一场蒙古式摔跤！

他也不再纠缠，转身踱着颇有尊严的步子，慢慢离去……

过了十年，夏志辉被招进养老院当清洁工，里面住着上百个老人。他成天跟痰盂、扫帚、抹布打交道，挣钱不多，但觉得挺满足。养老院里安安静静，不时有人死了送去火化，他从这些死亡中学会了忍受，忍受，再忍受。养老院的附近有一座县级监狱，他知道七毛就关在里面。七毛犯的事不算小，他组织了一个抢劫帮，专候在黄州风景区，抢劫外地游客。

夏志辉一直没有成家，县城里没人看得上他，这样他的生活倒也简单。工作时，他常跑到门外抽一会劣质香烟，越呛人他越喜欢。他抽着烟，望着远处监狱高高的岗哨塔楼，总忍不住会想：要是当年不让着七毛，索性赢了那场架，七毛兴许就不会进监狱了……

批注

二道巷变化太大，除了只剩半条残巷，连颇有古意的磨刀石路，也改造成了柏油路。各家各户的青砖院墙，早已拆除。我和瘦叟找到七毛和夏志辉打架的地点，发现巷口的印刷厂已经倒闭，厂房变成了有点威风的夜总会。就连曾为他俩打架呐喊的那棵大槐树，听说也被夜总会的老板锯了。瘦叟询问夜总会的一位服务生，那人指着院子角落的一处木桌木椅说，那就是的。我们走过去，试着坐了一会，想感受已变成桌椅的那棵老槐树。离开时，瘦叟问我有什么感觉，我说，好像猴子割掉了尾巴。“为什么不说好像人割掉了尾巴?”“人没了尾巴会沾沾自喜，猴子没了尾巴才会觉得痛。”

3　印尼华侨

二道巷的粮店旁边，是县国营印刷厂，里面的师傅技术很精，这些手上有功夫的师傅，不少是印尼归国华侨。不知哪年起，印尼开始排华，印刷厂按照上级指示，接受了一批归侨。印刷厂的篮球场旁边有一排平房，东头最大的那间，给了最年轻的一个归侨。据说，他父亲是印尼的资本家，因为爱国，年轻归侨毅然回到了祖国。为了照顾他，厂里没有给他安排工作，他的日常所需，吃喝拉撒等一切开销，均来自他父亲的汇款，和不时从国外邮来的大小包裹。

姜浩常去篮球场玩耍，他并不真喜欢看别人打篮球。平房虽然粉刷一新，但真正撩他心帘的，是平房东头那个年轻归侨的窗台。成堆的空罐头，随意摆放在窗台，没有一丝声息，却在姜浩和其他孩子的心里掀起了最大的波澜。他们万分惊诧，一个人居然可以“富”到只吃罐头为生。姜浩常靠近窗台,试图从那一排排摆放的罐头盒中,揣摩出神秘莫测的国外生活。那些贴在罐头立面的包装纸,令他看出归侨吃的罐头至少有十来种。有蔬菜的,有水果的,有畜肉的,有鱼肉的等等,一应俱全,远非镇上的商店可以比肩。镇上的商店里也有罐头,总共只有红烧肉和黄桃两种。窗台上的那些罐头盒,让他好些天坐立不安。是啊,他早从大人那里听到过无数的小道消息,知道书里的话并不都可信,但心里还是留着一条相信的小尾巴:国外的人虽然不一定过得悲惨,但至少没我们过得好!

窗台上还有一个很大的喷壶,样式华丽精致,一看就是国外货。喷壶浇的那些花,也不是栽在陶盆里,而是栽在归侨从国外带回的塑料盆里,盆的底色浅淡,上面印着各色花纹,越发让姜浩觉得二道巷灰不溜秋的。

有段时间,姜浩舍不得离那窗台太远,总是一次次装作路过窗台,仰着头,用心琢磨罐头盒、喷壶、塑料花盆背后的那个世界。一天,他再次不紧不慢路过窗台时,吓了一跳。他听见了屋里的惨叫声。那声音不大,刚好够他路过时听见,分明是一个女人挨揍发出的叫声。很快,他担心那女子会被年轻归侨揍死，就跑到篮球场上，对打打闹闹的孩子们大声喊，要出人命啦，快救救屋里的那个女人！孩子们被姜浩的喊声惊醒，一起跑到窗台下，朝屋里扔石子。石子一飞进去，那叫声就戛然而止。就在大家以为惨剧已被制止，准备转身离去时，那牵动人心的惨叫声，竟再次响起。那群孩子索性不走了，守着窗台朝里扔石子，直到年轻归侨出门来捉他们。

二道巷很少见到这么高个子的人，归侨和那女子足有一米八五，高大魁梧的身形，和睁得大大的眼睛，令两人有猛虎一般的威慑力。两人一出现，那群孩子就一哄而散，转眼不见了踪影。只有姜浩没有跑，他也说不清是什么力量不让他逃走，反正，他直直立在归侨面前，两眼射着怒火。接下来的事，就不稀奇了，他挨了狠狠两个耳光，两眼直冒金星。尽管脸上像破了皮一样火辣，他忍着没有发出叫声，他当然更没有能力还手。当归侨骂完，牵着那女子的手气昂昂地走开，姜浩想，那女子刚才一定也是这么挨揍的……但他不懂，她为什么竟像没事一样？

姜浩的奶奶，人称姜婆婆，一向硬气，当然不会容忍年轻归侨这么打她的孙儿。姜婆婆牵着姜浩的手,来找归侨算账。她嗓门大,会说会闹,见归侨死活不开门,就领着姜浩来到窗台下,扯着嗓子,唱歌一般骂开了。姜婆婆一开骂,围观的人就特别多。她骂年轻归侨好逸恶劳,从不工作,洋洋洒洒倾泻怒火时,也没忘表扬其他归侨,说有个老归侨救火时大义凛然,说年轻归侨连人家一个脚趾头都不如。见自己的长篇“演说”没奏效,她就动用了更时髦的政治词汇,骂他是“帝国主义的走狗”……姜浩倒没怎么听进奶奶的咒骂,他一直纳闷,那个不缺体魄和力气的归侨,怎么那么怕他的奶奶,愣坐在屋里一声不吭,任凭奶奶肆意辱骂他。

又一天,姜浩斜挎着书包放学回家,远远看见那个归侨正在倒垃圾。归侨倒垃圾也与众不同,二道巷的人都是用撮箕倒垃圾,他却把垃圾装进一只大塑料袋,将塑料袋和垃圾一起扔掉,令姜浩觉得太奢侈。平时,他奶奶见到塑料袋都会珍惜地收集起来,如同对待珍贵的布料。归侨一离开垃圾箱,他就凑上去,想扒开塑料袋瞧一瞧,他好奇里面究竟装了什么。没想到他的手刚触到塑料袋,远处就响起了恼怒的咒骂声。原来归侨站在远处，一眼认出了他。见归侨迈着大步朝他冲过来，姜浩只好作罢，撒腿就跑。

当天晚上，七毛约他出门闲逛。两人一出二道巷，七毛的双眼立刻刺刀一样放亮，大声说他也看到了归侨扔掉的那只塑料袋。“你猜，里面装了什么？”姜浩早把归侨视为外国人，他当然猜不出外国人会扔些什么垃圾。七毛看着他，得意扬扬，忍不住打了个响指说，“里面装着一堆用过的安全套！”

“安全套？安全套是什么呀？”

“你连这都不懂啊？真是个土老帽！”

七毛一向喜欢当小字辈们的“老师”，他努力用沉稳的“老师”语气，对他耐心解释起来。姜浩渐渐放慢了脚步，他太震惊了。他本来就觉得成人世界格外神秘，听了七毛露骨的描述，他觉得自己更孤陋寡闻了。

不久，他听到了更令他震惊的消息。大人像说书一样，津津乐道那个年轻归侨去了新加坡，走前，把一切都扔进了垃圾箱里，惹得二道巷的人纷纷去垃圾箱拣东西。姜浩没有撞上那个盛大的场面，那天中午，他一直留在学校，制作很费工夫的墙报。

消息令姜浩慌了神，他立刻跑到归侨的宿舍。那扇过去一直紧闭的木门，在他眼前敞开着，屋里空空如也，空得连一片纸屑也没有。窗台上也空无一物，恢复了灰暗、单调的模样，与二道巷的其他窗台再也没有什么两样。眼前的空荡，令姜浩差点哭出声来，他眼里噙着的泪珠，逼得他快步离开了那排平房。他一时六神无主，踉踉跄跄走到了青云街上，骤然觉得心里被拽开了一个口子，比壕沟路尽头的落日还要大……

批注

印刷厂宿舍面朝二道巷的院墙，还开着那扇旧门。我和瘦叟起先小心翼翼，探身往里走。看得出院子里正在拆迁，遍地是残砖和垃圾。瘦叟胆子比我大，径直登上台阶，一头钻进了只剩半截的平房。“你快看，这里就是那个华侨住的宿舍。”我知道这房子已换过无数茬主人，早就不是华侨居住时的样子了。屋里除了一架钢丝床，已没剩什么。

就算是空房子,我和瘦叟还像参观名人故居那样,在里面踱来踱去,仿佛还打算从墙上的污渍中,看出一些什么名堂来。当然一无所获!两人即将走出房门时,我突然想起小时用门角和门框挤压核桃的事,于是扭头朝门框一瞥,就是这一瞥,令我有了新发现。靠近铰链的门框内侧,居然刻着两个人名:李书德,姚婉云。名字旁边还刻着一个心形图案,下方刻着更小的字:印尼华侨。瘦叟立刻用手机上网搜索,发现李书德已是新加坡的商业大佬。我们照例也看了那间屋子的窗台,觉得它低矮、窄小,并没有姜浩描绘的那种气派。瘦叟认为,姜浩那时还小,他只能仰望窗台,是那种视角造就了窗台的神气。我们踱到篮球场时,碰到了一个守场子的老工人,他嘴里叼着烟。当瘦叟递给他一支硬壳中华牌香烟,他立刻变得和颜悦色。瘦叟问他知不知道李书德,他马上大着嗓门说:"这条巷子都归李书德了,他要投资建一个大型休闲广场……"

4 竹床

姜婆婆一早就把竹床搬到院子里，摆在门对面墙的阴影里。她很少会在白天搬出竹床，给人坐在上面纳凉。这用了几十年的竹床，色泽、气韵与新竹床大不相同。紫砂色的，像抹了发油的头发，滑顺、光亮，人坐上去，竟有冰镇之感。姜婆婆认为，世上再也没有比它更好的竹床了。

那天与平常不大一样。前一天晚上，姜婆婆接到女儿托人捎来的口信，知道女儿第二天要回来。女儿响应号召，下放到了离黄州几十里外的汪家墩，一年也难得回来几次。姜婆婆用家里最大的搪瓷杯，泡了女儿喜欢的碧螺春，浓得有点发苦。她一边坐在门边吟诵佛号，一边望眼欲穿，等着女儿进家门。姜婆婆有一只儿子送的小闹钟，不知什么时候已摆在身边。它响起来，会吵得人闹心。听，它已经响过两次了，姜婆婆还在上第三次的发条。拧完发条，她骂开了：

“这婆娘，做事就是不实在，说好九点到，都十一点了，还没见影子！”原来她心情急切，每小时都让闹钟响一次。

十二点，闹钟再次响起时，还是不见女儿的影子，她又骂开了：“这婆娘就是不听人劝嘞，非要嫁给一个乡巴佬。老话说得好，门不当户不对，亲人子女要遭罪。这婆娘入错了门，做事也没得油盐（不着调），过去她哪会这么不着边际嘞……”她正数落着女儿的“罪行”，就听见院门外响起了女儿的大嗓门：“姜婆婆，你女儿回来了，你怎么连个欢迎仪式都没有？”说完，哈哈大笑着冲进了后院。“笑个屁，还欢迎仪式嘞，我只想拿界尺抽你，你说九点到，看看现在几点了？”“妈嘞——莫怪我啊，我现在是乡巴佬进城，到了黄州，心就痒得想逛街，我刚才逛街去了！”

姜婆婆一声不吭，进门端出搪瓷杯，命令道：“去竹床上坐着歇歇，把这杯茶喝了，我去热饭热菜。”“妈——我不想喝，我刚才吃了好几根冰棍。”姜婆婆受不了女儿的变化无常，她默默把搪瓷杯端进厨房，从昏暗的屋里丢出一句话：“喝不喝是你的事，泡不泡是我的事。”

女儿一向不像儿子那么老成，只要不大着嗓门说话，手脚几乎不会闲着。看着紫砂色的竹床，她想到一个好玩的主意。只见她助跑几步，朝竹床来了一个跨越式跳高，身子横着跳上了竹床。她身子重，把竹床砸出了很大的声响，她刚得意地发出“嘿嘿”两声，立刻又惊叫起来：“妈呀——完啦！”只听见竹床“嘎嚓”一声，竟一下从中间折断了。姜婆婆闻声跑出来，手里还拿着锅铲，见自己心爱的竹床断成了两截，气得破口大骂：“你说你做事有没有油盐？好心让你乘凉，倒把我的竹床搞垮了。你看你嫁人以后还做过叫我顺心的事吗？我早就知道你嫁给那个乡巴佬不会有好结果，不然你不会变得这么不三不四的……”

女儿羞愧难当，坐在地上号啕大哭起来。她脸上抹的一点胭脂，已被泪水洗得不知去向了。她终于可以在一场伤心欲绝的哭中，直面母亲平时的责怪了：“我有什么法子呢？我只能找个老实人保护我，不然我在那里能活得下去吗？”女儿的话，像往姜婆婆的心里捅了一把刀子，她失声地嚷了半句：“那些恶人哪……”就跪下去，抱着女儿也痛哭起来。要是让她在竹床和女儿之间选择，她当然选女儿，就算女儿已成了村妇，也比竹床的紫砂色、冰镇之感，更让她魂牵梦绕。哭着哭着，她已吟唱起来：

女儿哭得肝肠断嘞，
娘嘞哭得断肝肠嘞。
一切罪孽娘担下耶，
善者逍遥恶者沉嘞……

批注

瘦叟通过黄州文联秘书长、小说家谭冰，总算找到了姜浩的姑姑。因为糖尿病，她脸上已没了精神气，与我们说话时，十分疲惫。她还清楚记得，自己是怎么发胖的。她说她也有过鬼斧神工的身材，曾是湖北省高低杆体操冠军，享受过大人物一样的风光。但一次从杠上摔下的事故，改变了一切。治疗折断的手臂期间，医生给她服用了激素。不到两个月，她已胖得形同小猪，身材再也没有恢复，不得不黯然离开了体操队。不过她前面仍然有一条坦途：高考。她大概继承了父亲姜奉三的读书天赋，高中时因成绩优异跳了一级。当她穷尽了高中的一切难题，临近高考时，“文革”发生了，全国取消了高考。她先跟着一群同学，上街闹腾了两年，又响应号召，下乡当了农民。我问她，这一生后悔吗？她说不后悔，再问她，有什么遗憾吗？她说遗憾没有上成大学，不然她对社会现象会看得更明白，思考得更深入。我们起身离开时，她一把抓住我的手，颤巍巍地说：“你们能上大学多好啊，你们是站在珠峰哪，我们这些人是站在平地上啊。”“老人家，不一定啊，不是你想的那样，其实大家都站在平地上！”

5　草帽

那时要打仗的口号，铺天盖地。在姜浩读书的人民小学，五花八门的军事训练，也如雨后春笋般纷纷冒出来。杨校长一说起话来就气呼呼。一天开全校大会时，她气呼呼分析了国际形势，当场宣布取消课间操。她觉得，用军事训练代替课间操，是国际形势所逼，也是她想出的众多点子之一。根据她分析的国际形势，核战争已不可避免，原子弹落到黄州镇，是迟早的事。为了让学生们到时能幸存下来，她课间亲自带领学生，进行防原子弹的训练。

学校开会的空地很不平整，有星罗棋布的坑和沟，开全校大会时，学生很难坐得齐整。每次开会，这空地会让杨校长气呼呼的，但现在要防原子弹，杨校长倒如获至宝。课间时，杨校长亲自带学生到这空地上打滚。她大声喊："一、二、三！"喊到"三"，表示原子弹在黄州爆炸了，学生要立刻选一处凹地，把自己的身子埋进去，谁的身子埋得深，谁就会当场得到表扬。平时大家都恨坑和沟太多，但几次练下来，大家就嫌坑和沟太少，太小，太浅。只有几个坑和一条沟，勉强能埋下学生的身子，还有些坑和沟，只能埋下学生的脸，而身子呢，不得不暴露在地面。更多的学生，连埋脸的坑和沟都抢不到。照杨校长的说法，他们幸存的机会比坑里的人要小得多。

一开始，姜浩当然想“活”。杨校长喊“一”时，他已瞄好了一个坑，“三”刚出口，他已抬脚来到坑边。杨校长过来表扬他时，他幸福的程度，不亚于吃了一顿红烧肉。杨校长说他这样活下来没什么问题，最多屁股会被光辐射烧成轻伤。说完，杨校长转身气呼呼地去骂其他人，骂这个：“你的胸不要紧贴地面，你会被震死的！”骂那个：“你的头不要对着爆炸方向，你的头会被烧焦的！”在数次演练中，姜浩都成功“活”了下来，唯独屁股总是被“烧”。整个空地上，只有两个坑可以保全屁股，但他根本不敢去抢，那两个坑已有主儿。主儿是两个高年级的邪头，杨校长声嘶力竭地喊“一、二、三”时，那两个主儿就定定地看着那两个坑，其他学生就心领神会，宁愿被原子弹“轰死”，也不去抢那两个坑。姜浩大概是好学生中唯一“活”得比较好的，其他好学生，不是“灼伤”了背，就是“烧焦”了头，要不就被冲击波“刮跑”了……

杨校长的点子实在是多，她又宣布各班要停课进行拉练演习。大概这个点子遭到了老师们的抵制，拉练演习始终没有成行。倒是一天下午放学时，班主任布置了一道奇特的家庭作业：每人回家做一顶草帽，第二天交给老师。班主任不紧不慢地解释，这是给将来的拉练演习做热身准备，主要看大家能不能把草帽做好。

姜浩觉得自己是班上的好学生，这事当然不能马虎。他想，要把草帽做好，最好是上山去采有枝叶的藤条。回到家，他把老师布置的作业，告诉刚回城工作的姑姑，姑姑满口答应晚上帮他做一顶。“姑姑，你一定要上山去采枝叶多的藤条呀！”“好的！没问题！”“你一定要今天晚上把它做好呀！”“好的！一定！”姜浩晚上入睡时，姑姑外出还没有回来。他想，姑姑一定还在山上为他的草帽忙碌呢……

次日早晨，他还没洗脸，就忍不住满屋找姑姑做的草帽，专心致志找了一圈，也没见到草帽的踪影。他着急起来，跑去问姑姑，姑姑却惨叫一声，拍着脑门嚷道：“哎呀呀，我忘了！昨晚来了一拨同学，我真的忘了！”“这么重要的事，你怎么能忘了呢？”姑姑吃完早饭就要去县印刷厂上班，她刚被装订车间雇为临时工，清晨没有时间帮他做草帽。姜浩十分窝火，就堵着门不让姑姑走。姑姑一边扎头，一边想到了一个主意：“你也别急，街上有的是梧桐树，一会我们去采几根梧桐树枝，就能做一顶草帽。”姜浩想不出还有什么别的办法，但他不确定行不行。“行！一定行！”姑姑对他的担心不以为意，说她以前就用梧桐树枝做过草帽。姜浩别无他法，只好跟着姑姑上街去采梧桐树枝。

到了街上，姜浩才发现，根本不是那么回事。梧桐树枝高高在上，不是姑姑能够得着的。望着高大粗壮的树干，姑姑也犯了难，马上改口道：“过去这条街上的梧桐不高，摘起来蛮方便，现在长得太高了……”她不时焦急地瞥一眼手表，上班时间快到了。姜浩更是着急，就嚷嚷道：“那你快爬上去摘呀！”姑姑狠狠瞪了姜浩一眼，转身噔噔噔朝印刷厂快步走去。姜浩追上去，一把拽住姑姑的衣角，质问道：“你亲口答应的事，现在就不管啦？”“小祖宗耶，我现在管不了啦，真的没时间管了！”姜浩气不过，大声骂她：“你昨天答应得好好的，你现在出尔反尔，你还是人吗？”姑姑并不在意他骂人，反而开导他：“你也别太当真，我们上学时老师也要我们做草帽，最后也没什么人能交，老师根本就没当回事……”姜浩哪里还会再相信姑姑的“鬼话”，他执拗地拽着姑姑的衣角不放。

姑姑身形像奶奶，人高马大，真要拉扯起来，读小学的姜浩当然不是对手。姑姑用力掰开他的手指，朝二条巷的印刷厂狂奔而去。姜浩气急败坏，边追边骂。到了印刷厂的门口，姑姑才发现姜浩手上已捏着半块砖头。姑姑像英雄就义那样转过身来，故意面对着“刽子手”：

“怎么？就为了一顶草帽，你打算把姑姑砸死？”

姑姑冷静到极点的话，令姜浩羞愧不已。他把砖头朝地上一扔，几滴泪随之涌出了眼眶。他转身朝巷口跑去，没跑几步，又扭头朝姑姑吼道：“我再也不相信你了！永远不相信你了！”姑姑松了一口气，笑着打趣道：“你还会相信我的！”“永远不！”“会的！”“狗屁！”……

他来到学校时，情绪已由愤怒转为担忧。他从未有过这种事:作为好学生,竟没有完成老师布置的作业！他足足在校门口徘徊了十来分钟,才硬着头皮走进学校。教室里已来了十几个同学,他发现没有一个人带来了草帽,但他们有说有笑。问他们为什么没做草帽,他们几乎异口同声地说,怎么可能夜里上山去采树枝呢？除非这人有病啊,老师自己都知道不可能。姜浩被他们说得脸红起来。

班主任来上课时,果真没提草帽的事,不像以前布置家庭作业,第二天一定会催大家交齐。没有！姜浩坐立不安了一个上午,老师还是没提草帽的事。全班同学就像事先约好了一样,没有一个人做了草帽。中午,姜浩回家吃饭,姑姑没忘了自己的身份,继续像往常一样给他夹菜。直到吃完午饭,姑姑也没提草帽的事。姜浩坐在桌前,突然觉得自己长大了,似乎懂了世间的许多事……

批注

黄州人民小学校舍还在,只是已租给几家培训机构。某天吃晚饭前,我和瘦叟散步到了那里。有好一阵,我没有说话，因为那里有最让我胡思乱想的往事。我们找到了班主任曾居住的小平房，与我记忆中的印象完全相反。记忆中，班主任住得宽敞，有那个年代少有的齐全家具。但眼前的小平房，只有十二平方米，加上房梁低矮，感觉小得简直像养猪的猪圈。瘦叟比我更尽职，他拿着姜浩的文章《草帽》，按图索骥，寻找操场上的那些坑坑沟沟。他找到姜浩防原子弹的小坑时，还俯下身去试了一试。“你最多只能保住脑袋。”看着他胖得变形的身躯，我打趣道。他马上在坑里叫了起来：“不啊，我是想试试当时小孩趴在坑里的感觉。”“跟大人有什么不一样吗？”“不一样啊！对小孩来说，很像是躲迷藏，感觉很好玩。”“那对杨校长呢？”“她会很焦心啊，那么多的孩子都没法活下来，坑太少了。”我们询问了一圈，也没人知道杨校长。“你当时躲在哪个坑里？”瘦叟突然发问道。“我吗？我属于班上最不神气的那种孩子，总是挨杨校长的骂，她总说，你已经被冲击波刮跑了……”

6　白蛇传

姜浩用网袋拎着排球，老远就看见二挑子倒下了。二挑子担着的那对新木桶，像一对卫兵，一左一右，也躺下来守着他。桶里的五十升水，大都钻进了错错落落的磨刀石缝里。二挑子的身子，先胡乱抽搐一阵，接着开始打颤、吐白沫。不一会，他四周已围了一圈人。这些人的围法很特别，齐整整与他保持两米距离，似乎故意让他独自与疾病搏斗，并不打算施以援手。

姜浩看不懂，又不想让大人看出他不懂，于是，他收了脚，怯生生站在一个过路人的背后。换了别人突然倒地，大家都会慌张、焦急，可二挑子周围的人，连一个像样的表情都没有。二挑子吐的白沫，成了嘴边和衣服上的一条白蛇，它还拼命往地上爬，似乎要把它咬住的脏器，从二挑子的嘴里拖出来。有几次，二挑子似乎被白蛇卡住了喉口，快要断气了，他把两腿叉得老大，像妇女生孩子那样使着劲，两手却不忘自己的职责，继续抓着扁担。

“使劲呕！使劲呕！……”周围的人纹丝不动，只是让吼声在二挑子的上方打着滚。吼的人大概太用劲，只吼了几声，姜浩就闻到了空气中飘着的口臭味、香烟的焦油味，熏得姜浩悄悄用排球堵着嘴鼻。不知二挑子是否听到了周围粗鲁的鼓励声，反正，他用力把白蛇朝外吐出一截，又能吸上气了。说来神奇，二挑子大约吐了十分钟的白蛇，就突然康复如初。他噌一声爬起来，挑起一对空空的木桶，转身朝水井走去。仿佛刚才他只是一个戏子，演了十分钟的病人，时间一到，就卸妆下场，还原为正常人。

姜浩想不通，世上怎么会有这么神奇的病？倒地的时候，跟死掉差不多，一起身，病又不见了踪影。他回家问奶奶，知道了二挑子的病叫羊角风。他总喜欢到爷爷的书柜里去找各种答案。他找出一本旧版百科全书，查到羊角风的学名叫癫痫。他捧着厚厚的百科全书，觉得自己的身子已开始打颤。书上说，除了遗传，其他如风湿、脑炎、脑虫病等，也能引起癫痫。这些有着权威腔调的文字，顿时成了他的一块心病。他家的地面不是水泥地，而是被脚踩结实的土，色泽似浓黑的头发，阴湿得很。奶奶早说过，住这样的房子迟早会得风湿病。他惊恐地想象风湿已悄悄钻进了他的身体，正排着长龙，伺机变成他嘴里吐出的一条白蛇……

他开始每天怀着这样的念头，去上学。以前看见二挑子，他总有些不屑，觉得自己比二挑子优越。二挑子走没走相，坐没坐相，成天无所事事，每天只为家里挑两趟井水。说来也怪，自从姜浩担心自己也得了癫痫（他觉得只是还没发作而已），他就没了那份优越感，路上撞见二挑子挑水，他甚至会替二挑子担心，担心二挑子会突然倒地，把后脑勺磕在坚硬的磨刀石上。当然，他也担心自己会突然倒地。要是从一辆卡车前面跑过时，突然倒地；要是从学校高高的台阶下来时，突然倒地；要是趴在井口打水时，突然倒地……他简直不敢想象那会有什么后果。是啊，他意识到，二挑子突然倒在二道巷的平地上，是多么幸运的事啊。

想够了，他就要找一条路来走出困境。听说寺庙里的人办法多，就选了一天逃学，来到当地有名的安国寺。这回他又犯了老毛病，他不善于主动跟人搭话，没头没脑在大殿

前站了半天,见没人搭理他,就想打退堂鼓。他往回走到藏经殿门前的空地时,总算听到了他期待已久的那种话:

“小同学,你心里苦啊,让大姐来帮你解一解吧!”

他扭过头,眼巴巴望着算命的妇人:“你怎么知道我心里苦?”

“要是不知道,我还怎么靠这个吃饭呢?”

是啊,他也听说这一带有个算命大神,莫非就是她?他也不卖关子了,直截了当道出了他应付不了的事。妇人的表情再贴切不过了,让他觉得她正在神界里忙碌呢,末了妇人把魂收回到他的跟前。

“好了!我找到对付它的咒语了,但是你得捐点钱给老天爷。”

提到钱,姜浩耳根子就涨得通红。他都忘了这茬事,兜里只揣着爷爷给的一份早点钱。他羞涩地掏出一毛纸币,妇人一把抓过去,又说:“钱不够啊,要心诚才行哪!”他掏空了裤兜,堆在手心的零钱,一共只有九分。妇人倒也不嫌弃,让他全部倒进她的手心,却为难地说:“这点钱会让老天爷觉得你心不诚啊。唉,唉,算了,我还是给你个大咒语吧!

这咒可厉害了，能把你身上的病转到你最不喜欢的人身上……”妇人打开一只装咒语的签盒，拣出一条递给姜浩，嘱他每天清晨念咒时，心里想着他最不喜欢的人。

他当然最不喜欢班上的打架王，那人刚从外地转来，很少跟同学说理，一切用拳头解决。他也挨过那人的拳头。只是，把这么可怕的病，悄悄转嫁给打架王，他心里并不觉得理所当然，倒有些过意不去。当然，再过意不去，他每天清晨还是狠狠咒了打架王。他细心留意着打架王的一举一动，但还是说不清起没起作用。打架王依旧霸道，谈笑风生，不把他等放在眼里。是啊，羊角风就算已潜入打架王的身体里，只要还没发作，他也难以看出来。

一天下午，一向比较清冷的排球场，又变得热火朝天，为了在县运动会上取得好成绩，人民小学排球队开始集训。此时的姜浩，已是排球队里的主力二传手，与一脸和善的主攻手张华南是好友，两人是撑起排球队的一对铁搭档。下午骄阳似火，烈得让人觉得能把排球融化。姜浩传球，张华南扣球，如此配合了几十个回合，两人已汗如雨下。姜浩和张华南开始偷懒，被凶巴巴的教练瞥见，挨了训，于是两人开始了第二轮的配合。姜浩传了一个最拿手的探头球，张华南起跳及时，一记利落的重扣，引来全队喝彩。就在张华南落地时，姜浩发现了异常。张华南竟像一件空落落的衣服，向地面一直落下去，平摊在地上。刚才还兴高采烈的队员们，一下傻了眼，不知所措地望着扣球手在地上痉挛、吐白沫。一向有板有眼的教练，最先想到赶快救人。

“快过来几个人，把他抬到医务室去！”

但姜浩已经认出，张华南嘴里吐出的白蛇，与二挑子吐出的一模一样。他马上伸手制止大家的盲动，说：“这是羊角风发作，大家不要干扰他，过一会就会好！”教练听信了他的话，于是大家都叉着双腿，围着看地上的人，一截一截吐着白蛇。等地上的人吐完清醒过来，一跃而起，队员们马上团团围住了姜浩。大家故意不看扣球手，让他有时间清理脸上和身上的污垢。

教练找准人群中的一个口子，钻进来拍着姜浩的肩膀说：“小子行啊，什么都知道！”这话好像抽了姜浩一记耳光，他低下头，臊得满脸通红。是啊，他哪里有心思庆贺自己的什么见识呀，他只想马上去找那个算命的妇人。

他连续去了安国寺两天，才找到那个妇人。等周围走净了人，他才上前质问道：“我心里想着班上的打架王，为什么病却跑到了我的好友身上？”

妇人咯咯咯笑了好一阵。见姜浩不理会她的笑，只顾蹙着眉头，她才肃了脸说：“咒语也会出错的！钱太少啊，老天爷就觉得你心不诚哪。”妇人怕他心里不服，又补充道：“你下次要是再有事，就多带些钱来，只要老天爷满意了，我保证不会再出任何差错……”

批注

二挑子的家，不可不去看一看，但原先住在二道巷的人家，都已搬迁，所以，等候我们的，是一个个的废院子。二挑子家的废院子一角，还剩一个废缸，木头缸盖已不翼而飞。离他家五十米，那口他曾每天担水的古井，还怯生生躲在一堆建材后面。我朝井里说话时，它还像从前那样，有着洪亮清澈的回声。还是瘦叟有办法，通过黄州政协的王浩洪，寻到了二挑子的母亲。老人家背已佝偻，说话声很轻，一提起二挑子就流泪。等平和了一些，才说，二挑子早就去世了。原来，九十年代的一个夏天，雨后天晴，二挑子照例去担水，哪知羊角风突然发作，一头栽进了路中央的深沟。那条气派的深沟，是市政局为埋设管道刨开的，里面积满了雨水。当时周围没有人，等大家发现时，二挑子已倒栽葱，淹死在深沟里。瘦叟掏出皮夹子，塞给老人家一些钱，她没有推辞，突然大声说："二挑子在天国会感谢你的！他不傻，他什么都知道！"

7　学雷锋

姜浩站在讲台上，满脸通红。台下的人看着他身上的花棉袄，和脖子上过分宽大的毛领，早已忍俊不住，前仰后合，全都笑翻了天。他知道自己被迫做了一件蠢事，这也是他此前跟奶奶苦苦较量的原因。远在西北的父母，给他寄来了棉花、藏青棉布和毛领。姜婆婆巧夺天工，用家里剩下的花布边角料，给他拼接做了一件花棉袄，和一件藏青外套。就是说，姜婆婆用做一件棉袄的材料，做出了两件衣服。

“多好的毛领啊！”姜婆婆摸着过分宽大的毛领，陶醉不已。她觉得把毛领裁小，做成适合姜浩的尺寸，实在可惜。她有着勤俭持家的头脑，觉得这么宽大的毛领，到姜浩成人时都用得上。她考虑再三，最终决定把宽大的毛领，直接缝在姜浩的小花袄上。她认为姜浩还是个孩子，孩子的着装嘛，当然大人说了算。姜浩偏不领情，他不在乎自己成人时，毛领还能不能用。也许成人前，他早就嫌毛领土气了。姜浩闹着不肯穿，姜婆婆就使上了平时的杀手锏："要是你不穿棉袄，我就跟着你去学校，找你的班主任，看大冷天有没有不穿棉袄的道理！"姜浩倒不怕奶奶找班主任，他怕的是奶奶在同学面前露面。别的同学都是父母来学校找老师，多么年轻，穿着多么入时，都受过教育，给同学的脸上添光加彩！他呢，每次只有一个目不识丁的奶奶，到学校抛头露面，多么老迈，穿着多么土气，令他在同学面前抬不起头！好吧，姜浩被迫穿上了花袄，虽然有些痛苦，好在奶奶同意他套上藏青外套。这件春秋外套，原本天气暖和了才会穿的，亏了姜婆婆持家有方，把外套做得格外大，恨不得姜浩上中学时还能穿，竟套得下棉袄。

登台前一天晚上，家里看上去一片祥和。挑了一天江沙的姜奉三，洗完澡，吃完饭，不再精疲力竭，他捧起发黄的唐诗选本，摇头晃脑吟唱起来。姜浩已经做完作业，为了万无一失，他又拿出老师帮他修改的发言稿，坐在爷爷姜奉三对面默读着。他要在全校大会上，汇报他寒假学雷锋的心得。此刻，他多么希望自己没写那些日记啊！那些虚假的寒假日记，害得他被选为寒假学雷锋的典型。放寒假前，杨校长比谁都希望把学生的寒假填满，她规定每个学生每天必须做一件好事，并写进日记。寒假放了三天，姜浩才发现，二道巷里真没什么好事可做。大家都自食其力，根本轮不到他一个小毛孩来帮什么忙。他想，哪怕二挑子发羊角风也行啊，他至少可以帮二挑子把扁担和水桶拾起来。他在二道巷晃悠了三天，也没见二挑子发羊角风，对方倒看不惯他的无所事事："你怎么成天晃悠啊，没作业吗？"哼，还没作业呢，只要你倒下，我就能完成今天的作业了。

他苦闷了数天，意识到应该去奶奶的乡下亲戚家，那里有的是需要干的农活，到时不愁每天做不上一件好事。他把想法一说出来，姜婆婆万分高兴。把他送到乡下，一来可以省下口粮，二来可以戒除他的娇气。姜婆婆的远近亲戚，都住在离城二十里的长圻廖。姜婆婆没有事先通知亲戚，拿布袋装了五斤米，叫姜浩背上，算是姜浩带去的象征性口粮。姜浩沿着江堤，走了两个多钟头，总算找到了长圻廖。亲戚安排他和表舅住一起，表舅有一肚子稀奇古怪的新想法。比如，表舅装了一台矿石收音机，令姜浩惊诧不已。明明只在一块矿石上搭几根线，居然能收听几十里外的电台。但表舅不满足，发誓要做一台能收听敌台的收音机。一天，表舅突然塞给他一册笔记本，嘱他连夜看完，说第二天必须还给借主。姜浩翻开第一页，就浑身冒汗，他完全没有思想准备，发现自己手上竟然捧着手抄本《少女之心》。这本书可是大名鼎鼎，曾被七毛津津有味地谈论过，也被校长在全校大会上咬牙切齿地批判过，姜浩绝没有想到会在乡下遇到它……

跟表舅在一起，他感觉日子过得飞快。表舅有无数玩的招数，比如，带他去公家的西瓜地偷吃西瓜，带他走过公家的鱼塘时，把鱼钩唰唰唰甩向水面，十有一二，鱼钩上竟会收获餐子鱼……姜浩有时觉得自己有罪，但又打心眼里喜欢表舅的勇敢。寒假过半，他才想起杨校长规定的好事任务。他日记里总要记点什么，可又不敢记那些令他陶醉的事。是啊，他不敢。他只得留意做好事的机会，几天下来，他已山穷水尽。一天，他发现村子的路上有猪粪，他迅速拿箩筐捡来撒进公家的地里。第二天，他再这么做时，就被其他孩子痛骂，骂他是傻子，总抢在他之前把猪粪拾走。表舅也提醒他，问他为什么不把猪粪撒在亲戚家的自留地里？姜浩说那样就不算好事了，就没法写进日记。表舅露出了一脸世故的坏笑："你应该把猪粪撒进自留地里，日记上写你把它撒进了公家的地里……""那不行！这不是撒谎吗？"表舅轻蔑地朝窗外瞥了一眼："现在谁个不撒谎？不撒谎你还能活得好吗？打比方说，学校禁止看《少女之心》，你不是拿到手还是看了吗？看了你会告诉老师吗？""不会！"姜浩摇着头，感到浑身的正气已泄了大半。第三天，他整个上午目不转睛地盯着后窗，真是走运，上午十点左右，看见隔壁老太拎着一只水桶，步履蹒跚地走向茅房。他想，我一定要帮上这个忙。他两眼放光，一个箭步冲到老太跟前，二话不说，抢过桶就往前走，没想到老太竟大叫起来："你不和别人抢屎，还来和我抢尿啊？"原来老太的桶里装着起夜的尿，她打算撒到茅房后面的自留地里。老太死活不肯让他拎，生怕他给撒到公家的地里。晚上，他坐在桌前记日记，感到十分为难。他只帮老太拎了不到三米，这到底算不算一件好事呢？他问表舅，表舅又激动起来："你呀年纪轻轻的，怎么这么迂腐？你就写帮她拎到地里了，有谁知道呀？”姜浩又变得惴惴不安：“这样撒谎，行吗？”“当然行！”

寒假快结束时，姜浩一共才勉强做了十件好事。离开亲戚家的前一天，他抠着自己的指甲，手足无措。表舅坐在他对面，轻轻松松，没事似的，嘱他拿出本子和笔，打算口述一些“好事”，让他写进日记。姜浩不再抗拒了，他已经被评为标兵，完成老师布置的寒假作业，是做标兵的起码要求。“那你编得像一点吧，别让老师看出破绽！”“你就放心好了，你太小看你表舅了！”

他坐着默默写，表舅斜倚在床上慢慢说。他发现，表舅满肚子都是故事。表舅还替他编了一个捉蝗虫的故事。他，姜浩，一天发现公家地里飞来了一群蝗虫，他把午饭都抛到了脑后，和那群蝗虫搏斗了半天，直到把这群蝗虫捉完，才回家吃饭……表舅口述的好事，种类丰富多样，他保持着记述的热情，只半天就大功告成。记完，他反复阅读，想看出有无明显的破绽。似乎没有！但他还是惴惴不安，直到寒假日记，被班主任评为优秀，他才松了一口气。据说校长对他的日记也很感兴趣，责令播音室用喇叭向全校广

他坐着默默写，表舅斜倚在床上慢慢说。他发现，表舅满肚子都是故事。表舅还替他编了一个捉蝗虫的故事。

播。每次听到广播声，他就偷偷溜出同学们的视线，他有点受不了大家看他的目光，似乎含着一丝嘲弄。

那晚，他默读着发言稿时，并不知姜婆婆正在院子里洗他的藏青外套。他知道时，已是翌日清晨。藏青外套挂在户外的晾绳上，被初春的寒风一吹，冻得硬邦邦的，完全无法穿上身。姜浩急得嚷嚷起来："你洗外套也不跟我说一声，人家今天要上台发言，这可怎么办呀？"姜婆婆一大早刚抽了一根香烟，她继续吐着烟雾，镇定地回答："有什么难办的，你就穿着棉袄上学嘛！"姜浩不敢相信地看着奶奶，大声说："这是花棉袄啊，我是男孩，我肯定不穿！"姜婆婆放下香烟，站起来，走到门口："你可以不穿！但不穿棉袄，别想出这个门！"见奶奶蛮横起来，姜浩真没辙了。作为好学生，他不可能一气之下不去学校上台发言啊。再说，他也知道斗不过奶奶，奶奶手上还有一个杀手锏："要是你不穿棉袄，我就跟着你去学校，找你的班主任，看大冷天有没有不穿棉袄的道理！"

姜浩被迫穿上花棉袄去上学，一路见到的都是诧异和嗤笑的脸。待他登上讲台，台下的嗤笑声变得更大，更肆无忌惮了，他甚至听到有人说他是个小娘们。他念发言稿时，耳边的声音不停干扰他，害得他把“我觉得自己还很浅薄”，念成了“我觉得自己还很渊博”，又引来了一阵嗤笑声。他简直看不清台下的那些脸了，觉得自己正坠向深渊……

下午放学时，他第一个冲出了教室，只想快点冲出校门。没想到，他冲下台地的石阶时，迎面撞上了正跨上石阶的班主任。班主任一把薅住了他，把他拉到身边，慢条斯理地问道：“你日记里的故事，有一些大概是假的吧？”姜浩愣住了，脸一下涨得通红，他感到无地自容，撒腿就跑，一直跑出校门外的广场，才放慢了脚步。他边走边回想着当天发生的一切，忽然觉得这是他应得的惩罚，是老天爷对他撒谎的惩罚……

批注

我们来到了姜浩表舅家所在的长圻廖，以前这里离城二十里，现在离扩大的城不到十里。瘦叟有点惊讶那里的变化，他说十年前那里还是老样子，一律六七十年代盖的红砖平房,现在家家户户都盖了三层楼的小楼房。我们到田间地头转悠时,碰到了一个守鱼塘的农民,他不经意的一句话,帮瘦叟解了惑:"村里的地,被征去不少,每户盖楼用的都是征地的钱。"姜浩的表舅已是一个富足的商人,在黄州经营一家礼品公司。我们进他家门时,碰巧他在家休息。听到我们提起姜浩,他吃惊地瞪大眼睛,说他成年以后没有再见到姜浩。他若有所思,慢慢地掏出香烟,一边吸烟,一边说了他的看法:"姜浩小时可怜啊,父母不在身边,精神上就想找个依靠,他不靠老师的表扬,还能靠什么呢?他小小年纪其实很知道好歹。"他说,有一次带姜浩去水塘,看村民采藕。回来后,姜浩变得沉默寡言,吃饭也不用筷子碰藕片了。被问急了,姜浩才说:"我没想到采藕会那么那么苦,跟我爷爷挑江沙一样苦……"

8　人体

姜浩最近睡眠不好，老翻来覆去想着七毛的一个许诺，说会带他去朋友家，欣赏一本人体画册。一想到这事，姜浩就陶醉不已。他对异性人体的认识十分模糊、朦胧。人体是报刊、电影、舞台和大人话题中的禁忌，谁家要是有人体图片或绘画，那会吃不了兜着走。他听七毛低声说过，艺术学院以前是允许有人体模特儿的，“文革”以后，艺术学院才全部停用人体模特儿。七毛用遗憾的口气说：“我们都生得太迟，要不然上艺术学院该多好，天天可以看裸体女人！”七毛的话，引得姜浩去遐想那个神秘、未知的异性世界，变得心神不定。七毛又说：“光想有个屁用啊，哪天我带你去一个朋友家，他以前上过艺术学院，家里有一本人体画册，全是他对着真人画的。”

姜浩开始等着七毛说的“哪天”来召唤他，等得他觉得每一天都那么漫长难耐。等待期间，他观察起班上的女同学（他不敢观察家人和女老师，那样做会让他有负罪感），发现她们胸口都平平的，与男孩没什么两样。他不解，去问七毛，七毛用责备的口气说：“你观察她们有个屁用，她们的胸还没长起来呢。”观察同学无益，他就去观察街上的女青年，发现她们的胸口多数也是平平的。他不解，又去问七毛，七毛对他做了一个鬼脸，说：“你还是个毛孩子，什么都不懂，她们怕胸鼓起来，被人说成有资产阶级情调，都在胸口缠了很紧的绷带……”

姜浩走投无路，就到记忆中苦苦寻找线索，想起三四岁时，母亲带他去单位女浴室洗过澡。女浴室在记忆里是留下了一点痕迹，当他试图复原那个画面时，那些曾在他眼前坦露、晃悠的女性人体，又朦胧模糊起来。他想从记忆里捉到一个清晰的人体，捉得他脑袋疼，仍无济于事。那些人体怎么也不听他调遣，始终不肯让他看到正面。他呢，一想起那些背对着他的人体，就像中暑一般，头昏昏沉沉，甚至记不清那些人体是男是女。是啊，他还小，还弄不清男女背部有什么区别，苦恼逼得他去找班上的好友周平。周平说，巧了，我最近也在想这个问题，不如我们一起上街去看看。

一连数小时，两人溜达在街头和商店里。功夫不负有心人，两人都有了观察心得。周平说，不管她们怎么束胸，腰都比男人细，很容易从背后看出差别。姜浩的观察心得，有点难以启齿，由于周平再三催促，他豁了出去，说她们上身小下身大，多数女人屁股都大。周平嬉笑着骂他：“你好流氓啊！”两人会心地大笑不止。回家的路上，周平又提议，两人都必须说说，自己喜欢什么样的女人。姜浩涨红着脸说，我喜欢屁股大的。周平指着手背上的皮肤说，我喜欢皮肤白的，有蜂腰的。听到“蜂腰”一词，姜浩有点发怵，不怎么明白它的意思，周平就嘱他回去观察蜜蜂。

姜浩对蜜蜂一直是有兴趣的，只是，他知道蜜蜂脾气不好，怕惹得它们反感，从前只敢远远打量。小镇大礼堂广场空地西侧，长着茂密的槐树林，常引来镇外的养蜂人。摞在林子里的蜂箱，像姜婆婆麻将桌上的麻将牌，一般也是两摞，黑乎乎，不易看清，常有人以为是普通箱子，刚想坐上去，才发现一堆刺头，正在屁股下面候着呢。姜浩厌倦了看空中的蜜蜂，它们飞来飞去忙着呢，他想用视线捉住它们的小蛮腰，但它们颤动个不停，颤得他眼花缭乱。他只得慢慢向蜂箱靠拢。他小心翼翼的样子，引得养蜂人起身鼓励他："别怕！别挥手就行，它们不叮你！"他不知该怎样谢养蜂人，只是露出一脸傻笑。他的视线第一次捉住了趴在黑箱上的那些小蛮腰。是啊，蜜蜂不止腰细，细得像漏斗的尖尖，蛮腰下还有丰臀。他忍不住与街上的观察心得做比较，发现蜜蜂就是长着女人的身体，上身小下身大……

他想和七毛一起分享这些心得，哪知道七毛不屑一顾地说："还蜂腰呢，有几个是蜂腰？你奶奶是蜂腰？""我妈肯定是蜂腰！"姜浩没等自己想清楚，就斩钉截铁地说。"你妈又不在黄州，谁知道呢？还不是由你信口胡诌。""我妈肯定是蜂腰，肯定是！"姜浩的倔劲一上来，七毛也受不了。七毛挥挥手说："我们也别争了，你抽空到井台去看看那些大妈吧！"

姜浩研究人体的兴致正高呢。一天，趁奶奶猫在厨房烧饭，他真去了井台。有五六个妇人正在井台边洗衣服，她们边搓着捶着衣服，边大声说笑。姜浩远远望着井台，脚像给捆住了，一时迈不动了。“浩浩，你是不是想过来洗手啊？”有个眼尖的妇人，见他十分局促，关心地问道。姜浩马上点点头。他走近井台站着，等妇人给他打水，倒水，他再耐心搓洗自己的那双脏手。他已经听不见妇人们在议论什么，只顾偷偷用目光打量她们。等洗完手，他再次困惑不已，又去找了七毛。他对七毛说：“她们确实不是蜂腰，但，但为什么她们的胸都跑到肚子上了？是不是胸也会移动？会不会有一天移到大腿上呀？”七毛像听了一出相声，乐得前仰后合，直不起腰了。末了他畅快地摇着头说：“哎，小毛孩呀，什么也不懂。那叫松垮，懂吗？她们的乳房太松垮，已经搭到肚子上了……”没有比听到“松垮”更让姜浩困惑的了，他不得不再次问七毛，七毛并不照着问题回答，他同情地打量着姜浩说：“你成天这么闷声瞎想，准会弄出心理毛病，我还是带你去见识真货吧！”

一天傍晚，姜浩按照七毛的吩咐，告诉奶奶，他要去参加外校课外小组的活动。一说到“外校”，姜婆婆就难以调查核实。他一迈出家门，心就怦怦乱跳。七毛十分照顾姜浩，专找人少寂静的巷子走，免得碰到熟人。到了靠近八卦井的一个院子，七毛没有像往常那样大声吆喝，而是垫着脚尖走路。找到朋友家的门时，也是轻轻敲门，俨然照着地下工作者的规矩办事。门开了，七毛的朋友早已候在客厅。那人四十来岁，额上横着一道伤疤。那人指着饭桌上的一本手绘册子说，你们想看多久就看多久。姜浩没有那么着急地奔向册子，他显得十分矜持，慢腾腾跟着七毛。七毛把册子拿在手上，像照料一只小猫那样，先抚摸几下。册子打开了，他们先看到一些男人体，姜浩没有特别的兴趣，他等着七毛快点翻过去。但七毛偏偏停下来，和那人讨论起男人的胸肌、肱二头肌等。就在姜浩感觉他俩即将脱衣比试胸肌和肱二头肌时，七毛的手突然翻到了有女人体的那一页。七毛的唠叨声戛然而止。姜浩凑上去，瞧着那个丰满的女性躯体，心快要蹦出嗓子眼。七毛瞥了他一眼，问道："跟你想象的一样吗？"姜浩忍不住伸手翻到另一页，那是个美得让人咋舌的姑娘，他看了半晌才回过神来，摇摇头："不一样！""不一样在哪里？"姜浩感到难以说出口，就继续摇摇头："以后再告诉你吧！"

女人体只占那本册子的寥寥数页，但姜浩和七毛忘了身边还有那位朋友，不顾屋里冷飕飕的，翻来覆去只看那几页。说来也怪，一向喜欢说脏话的七毛，看着那几页，说话也轻声轻气，规规矩矩的。最后，两人带着满脑子的女人裸体画面，走出了空荡荡的院子。外面寂静无声，他们每走一步，都能听见脚下的沙沙声。姜浩不想说话，生怕惊扰了脑中的美丽画面，他打算在梦中见一见画册里的女人。没走多久，突然听见七毛说："你看见女人图片时，有没有听见自己的心跳声啊？声音好大呀，我都听见了！""是吗？我怎么没听见？"见姜浩憋得满脸通红，七毛安慰道："也不奇怪，我第一次跟你一样，心也他妈一个劲瞎蹦！"他用手挠着自己的脖子，又问姜浩："你觉得女人身上哪里跟你想的不一样？"姜浩望着昏暗的路灯，竭力想梳理出思绪来。他确定四周无人，才轻声嘟噜道："我，我原以为女人身上没有毛。"七毛扑哧一声大笑起来，声音惊飞了头顶上的一群小飞虫："嗨，小毛孩呀，没有毛的女人叫白虎，谁都不敢娶，娶了要被克死的！""可，可是，我觉得没毛更好看！"七毛诧异地瞪大眼睛看着他："你不觉得有毛也很好看吗？"姜浩想了想留在脑海中的那几幅画面，点点头说："嗯，是好美！比男人的身体美很多!”他的话又令七毛快活起来,继续领着他往前走,边走边动情地说:“美得他妈的我都不想打架了,这辈子守着这样的女人,我一定会成为一个好人的……”

说来也怪,七毛再也没有带姜浩去那家看人体画册。七毛日后没有成为好人,是不是因为没有遇到那样的女人?

批注

瘦叟神通广大,居然带我找到了七毛的那位朋友。那人刚吃过一点酒,虽然身上散着汗馊味,却大大方方念起了陶渊明的诗:“……此中有真意,欲辨已忘言。”念完他补充道:“无罪的人已不知去向,有罪的人却活在牢里,谁知这老天有何真意?”他口中的罪人,是指十年前因抢劫罪入狱的七毛,据说七毛被判了二十年。他起身找出了那本已发黄的素描册。我很想体会姜浩与七毛当年的胡思乱想,就刻意翻到当年令他俩着迷不已的几页。说实话,我大失所望,那不过是几页很普通的女体素描。瘦叟也觉察到了我的失望,他说:“现在随便一张人体图片,都比这些素描更有诱惑力。不过我们现在看得越多,也越有审美疲劳。想想当年他们还是孩子,又从没见过……”“可惜七毛没有抓住机会。”“什么机会?”“脱离混混的机会。没想到就是这几张素描,差点让他改邪归正……”

9　山墙

姜奉三租的宅子，属于新中国成立前的有钱人家。自打他丢了工作，主要靠子女的赡养费过日子，他就只租得起这宅子的后院——那里有三间披屋，低矮昏暗，原本方形的院子，已被印刷厂的锅炉房挤成了一条狭长的过道。但与院门一体的山墙，仍显得堂堂正正，竭力朝二道巷露出又高又宽的“大脸”。这方大脸布满别样的“皱纹”，那是由青砖砌出的大大小小的格子，疏密有致。墙升到垛头，就覆上一层青瓦。再升，再覆。连着升上去两个台阶，一共覆上三层青瓦，就砌成了三叠式的山墙。

姜婆婆虽然大大咧咧，做事毛手毛脚，但只要牵涉丈夫姜奉三，就细致得很。姜婆婆从不让姜奉三住靠山墙的那间，冬天那间比其他两间都冷。她和姜奉三聊起山墙，也比孙儿姜浩这些屁孩子细致，她喜欢把三叠式的山墙，称为马头墙。姜浩这些屁孩子说话喜欢玩酷，无论称呼什么，舌头都懒得多蹦一个字。三个字的“马头墙”，就这样被他们判了死刑，他们喜欢两个字的“山墙”，还把重点只放在“山”上，索性让舌头把“墙”勾回去。所以，当屁孩子们嚷嚷道：“你家的山怎么还没倒呀？”大概没有大人能得懂他们在说什么。

屁孩子们的话并非空穴来风。

姜婆婆说姜浩内火旺，适合住冷一些的北屋（靠山墙那间），姜浩也心安理得。一天夜里，姜浩被尿胀醒，因睡意浓烈，他自虐似的拖延着，不肯下床。就在这时，突然从南屋传来了奶奶的说话声，原来她和爷爷还没睡呢。

“唉，我总担心这马头墙会倒呀，跟街坊把嘴都说烂了，他们就是不派来人修嘞……”

爷爷就像屋里的古书，没有吭声，但姜浩知道，爷爷也像古书一样，心里有自己的想法。姜浩最想知道，爷爷究竟认不认同奶奶的担心？尿把姜浩胀得要死，但他还是憋住没有下床。他听见爷爷翻了一个身，等床吱吱嘎嘎响完，爷爷蓦地发话了：

“见盼(见鬼)哪！指望他们？唉，倒下来压死算了……”

天哪，爷爷也认为山墙会倒！

天亮之前，姜浩再也没有睡着。他夜里吱吱嘎嘎起床，去撒尿，足有十来次。到后来，已经无尿可撒，他起床，只是害怕墙倒而已。下床的时候，他忍不住会想：山墙要是这时就倒，我朝南边跑倒还来得及……

第二天，他站在后院，第一次认真打量起山墙。它足有七八米高，由于院外比院内高一米，它显得更高大了，霸气十足。怪不得这堵墙在二道巷赫赫有名。估算完它的高度，姜浩找来两米长的卷尺，沿墙根丈量了披屋的长度。量完，心里一惊。披屋总长十二米，七八米的山墙要是倒下，只会砸到北屋和堂屋，南屋是够不到的。奶奶让他住北屋，莫非还有另一层更细致的盘算——关键时候，舍我保爷爷？他开始做梦也会吓出声来了，总梦见山墙雄赳赳气昂昂，山一样朝他压下来。为了多争取一点逃跑的时间，他每晚只敢睡在床沿，害得他夜里会掉下床好几次。

一天，家里来了姜浩从未见过的亲戚，姜婆婆不得不想半天，还没想清姜浩该怎么称呼来人。来人约四十岁，穿着很土气的花布秋衣，大摇大摆走过来，抚摸着姜浩的头："……你就喊我表婶吧！"姜浩已懒得抬头："表……婶……"还把最后那个"婶"字，几乎吃进肚里。夜里，姜婆婆安排亲戚睡姜浩那张床，姜浩很不高兴，睡觉时更是挤在床沿，想离她越远越好。清晨，他被一阵撒尿声惊醒，睁开眼，吓了一大跳：一个硕大的白屁股，赫然横陈在眼前。原来表婶在痰盂里撒完尿，正背对着他擦屁股。他惊得屏住了呼吸，这是他上学后第一次见到裸露的异性屁股。待表婶转过身来，他已闭眼，假装还在酣睡……

这幅画面开始在他心里不断回放，它像每天升起的太阳，伴着他去上学，伴着他在教室走神。别人对他说话时，要是他懵懵然不出声，多半就是被这幅画面囚住了。说来奇怪，他再也不去想山墙会不会倒的事了，倒一直想着那个硕大的白屁股。他开始盼着表婶还能再来，甚至庆幸奶奶一直让他住在北屋。不知为什么，一想到表婶可能还会再来，他对山墙的事，就变得心安起来……

批注

山墙居然还像一面大旗，高高横在古井附近。山墙另一侧的旧居，已经拆成了残垣断壁。大概省得有人看见废墟会窝心，拆迁队暂时把山墙留下，用作遮挡工地的“屏风”。我小心绕着山墙转悠，除了诧异墙上有几处刻着字：“七毛，×你妈的！”“夏志辉是好样的！”我更诧异这堵墙的“牢固”，它用红沙石作基，青砖垒砌，厚度与高度一比，便仿佛“薄”如蝉翼，难怪姜浩担心它会倒。它竟“岌岌可危”挺了这么多年，一直挺到姜浩失踪。现在，它似乎也将追随姜浩的失踪而去。如果有一天，它和姜浩在阴间相遇，它还会是姜浩夜夜惧怕的高墙吗？姜浩后来疯狂迷恋登山，是不是一种无意识的心理自救？是不是想借登山一举摆脱早年膜拜山墙的积弱心理？

10 标兵

黄州人民礼堂一带总是热热闹闹的。人到了那里，就像鸟群回到了鸟窝，总忍不住叽叽喳喳。姜浩和同学每天上学或放学，都要路过那里。离校门十米之遥，就横着人民礼堂的院墙。这道长约数百米的高墙，白天把镇上那些调皮捣蛋的孩子，都挡在了墙外。只是到了夜里，高墙想继续挡住他们，就没那么容易了。镇上有个高墙的死对头七毛，他没事就研究这道高墙，真还找到了翻墙的若干窍门。有剧团来人民礼堂演戏，他翻墙而入；有内部电影观摩，他翻墙而入；有大型文艺汇演，他翻墙而入……他有个纪录，镇上还没人打破呢：他从未被查票员抓到过。这个纪录多少让姜浩有些心动，他穷得叮当响，知道自己不会“奢侈”到用爷爷给的早点钱买票进人民礼堂。七毛不愧是孩子王，他刀子一样的目光，早已看透姜浩的心思，他倒是想成全姜浩。

一天，七毛打听到一个振奋人心的消息，人民礼堂晚上要放映阿尔巴尼亚电影《第八个是铜像》。他便去姜浩家门口砸石头，砸石头是他俩的暗号，还没被大人识破过。砸出两响，是叫姜浩和他上街闲逛，砸出三响，是叫姜浩和他翻墙进人民礼堂。姜浩正坐在煤油灯前，听爷爷姜奉三吟唱唐诗，爷爷刚唱到兴头上，门外响了三下，这响声令姜浩开始坐立不安。他知道若不出门，七毛会一直砸下去。若跟七毛走，他又找不到出门的合适理由。再说，他在学校的命运正急转直下，自从他把家庭成分由“城市贫民”改为“城市职员”（爷爷要他这么改的，希望他不要说谎），他觉得同学朝他投来的敬意骤然锐减，毕竟“职员”在大家眼里属于有产阶级，他急需一个“标兵”称号，来为自己撑腰。他年年被学校评为“标兵”，这个纪录和七毛的纪录一样，还没被人打破过。他担心稍不留神，这个纪录可能就会被查票员一举粉碎！

“院子门可能没关好，我去看下！”他朝爷爷掷下一句话，就跑到院子里。虽然院门紧闭，他还是听到了从门缝传来的轻微喊声:“快过来! 快过来!”他迈上门阶时,想好了不出门的理由:他肚子疼。当他正要“委屈”地说出不出门的理由时,门缝里飘来了令他心动的声音:“今天放《第八个是铜像》,快跟我走!”这声音极富蛊惑力,差点让他一脚踏空。是啊,《第八个是铜像》登陆中国的消息,哪瞒得住黄州的小机灵鬼们,大家早盼着它来小镇呢。他知道,只要把大门拉开,他就等于跳上了马鞍,只能跟着七毛这匹野马,奔向人民礼堂的高墙。

他深吸一口气,毅然拉开了大门。

他还真有点佩服自己呢,情急之下,他对爷爷说,他突然想起同学托他的一件事:去同学家帮人家辅导数学。姜奉三完全没有多想,倒是姜婆婆用狐疑的目光,盯了他好一会,才勉强放行。

到了高墙跟前,他才惊醒过来,满脑子有滋有味的放映画面,已无影无踪。这堵高墙按尺论足有七尺高,却见七毛纵身一跃,扒住墙头,双脚一气乱蹬,人就蹿上了墙头。姜浩仰望着这个“江湖大盗”在墙头上走来走去,浑身散发着老子天下第一的大气概。七毛开始高一声低一声唤着姜浩，嘱他照自己刚才的样子，攀上墙头。唤了十来次，姜浩还是一动不动。

“不是说好你今晚会翻院墙吗？你怎么又想变卦？”

路灯照着姜浩身上被姜婆婆浆过的衣服，令姜浩有了主意：“我奶奶每天晚上会检查我的衣服，这衣服刚浆过，一翻墙，奶奶就会看出破绽。”七毛脸上含着轻蔑的笑，他知道如何堵住姜浩的嘴。他常年研究这道高墙，要想不弄脏衣服，这事也难不倒他。他转过身子，沿墙头朝地区招待所的方向走去：“喂，你去招待所那栋楼，从二楼走廊走到墙边来！”原来规规矩矩的院墙，硬生生被招待所大楼占去一角，人民礼堂为了省一段院墙，直接把墙搭在了楼的立面。七毛天生是个侦察员，他一眼看出，姜浩只需走到二楼走廊尽头，就能直接把脚伸到墙头上。姜浩的胆子就像一个气球，刚开始鼓胀得厉害，后来像扎了针，越泄越小。因为不情愿，他走路老拖着脚，弄得鞋底嚓嚓嚓直响。站在墙头的七毛，急得低声嚷嚷道：“你不能轻点吗？这楼里有大人睡觉，万一把他们吵醒了，我们可就倒霉啦！”

姜浩吓得不敢往前走了，不知所措地望着夜幕中的七毛。有一会，他望着墙内的人民礼堂发呆发愣。是啊，人民礼堂一直是他心中的圣地，人们总喜欢在里面挤挤挨挨，只为了度过一段好时光。说来也怪，人民礼堂依旧人声鼎沸，灯光刺目，但这一会，他不再向往那一阵阵的声浪，那一片片的灯光，已让他胆怯、紧张。到了即将踏上墙头的时刻，他才意识到，他之所以答应七毛翻墙看电影，不止是想看《第八个是铜像》，其实更想报答七毛对他的关爱。七毛平时用兄长之爱，代替了姜浩远在西北的父母之爱……

“你还磨蹭什么呀？到底过不过来？”

“你，你先往前走，我马上就过来！”姜浩用手指紧紧抠着走廊的水泥柱说道。

七毛背对他，踩着墙头朝远处的厕所走去，那里是下墙的最佳地点。见七毛越走越远，姜浩就试着把脚朝墙头伸。不行！一想到有被查票员抓住的大风险，他的腿死活就是跨不过去，仿佛有一堵墙死死挡着他。看着眼前这个娴熟的攀墙大盗，他越发觉得他俩的未来是大相径庭的。走廊的灯光，像舞台的聚光灯照着他，他已看不见七毛的身影，只听得见从黑暗深处飘来的一声声催促：“你怎么还站着不动呀？快过来……”他没有过去，相反，突然调转身子，一溜烟跑掉了……

事后，七毛很生气，但没有惩罚他。姜浩越发感到内疚。是啊，他也恨自己言而无信。不久，他主动找到七毛，打算将功赎罪，说将带十个同学来翻墙看电影。七毛大为高兴，他还从没带这么多人翻过院墙呢，他喜欢这样的挑战！三天后，姜浩动员了班上的大半男生，晚上跟着七毛来翻墙。姜浩吹牛说，从来没人被抓到过，翻过墙就能免费看电影。于是，很多男生都想跟着他来尝甜头。那天晚上，七毛忙坏了，俨然一个将军，精确控制着“战役”进程。每隔三分钟，放进去两人，让他们跳下墙就朝厕所奔。眼看男生进去了一半，七毛吩咐姜浩殿后，自己也“咚”一声跳进了院子。姜浩没有马上行动，他贴着墙壁听了好一会，似乎听到了什么不祥的声音。他神色慌张地问剩下的男生：“搞不清里面发生了什么事，你们想翻进去吗？”没有人点头，也没有人摇头，但姜浩已归心似箭。他一开溜，剩下的男生也全都逃之夭夭。

第二天上课时，班主任满脸怒气。她手执一份名单，按

那天晚上，七毛忙坏了，俨然一个将军，精确控制着“战役”进程。

图索骥，把昨晚被查票员逮住的男生，逐一叫到讲台上示众。她完全像一名公安，厉声审问他们："你们好大的胆子啊，居然敢集体翻墙看电影！你们中间肯定有一个幕后组织者，肯定有一个起头的教唆犯！你们快说，他到底是谁？"

"姜——浩——！"

正在讲台上罚站的那群男生，一起发出了洪亮有力的喊声。

批注

瘦叟说，这座曾是黄州文化中心的人民礼堂，勉强撑到九十年代还是拆了。据说当时县委扺不住一个富商的投资诱惑，把人民礼堂的地卖给了他。我实在看不出，眼前这粗糙而庞大的混凝土新建筑，如何能与原来那座建筑相比。原来的人民礼堂，就像一个谦虚的书生，有着饱学的优雅，不像眼前的建筑，威风凛凛，却粗鄙无礼。我从小缺乏姜浩那样的勇气，从没有翻墙看过电影。我最大胆的经历，不过是拿着家人给的赠票，忐忑不安地走过检票口，进人民礼堂看了话剧《海港》。我记得清清楚楚，姜浩率领男生翻墙的事败露后，班主任并没有严厉惩罚他，只是让姜浩做了他最擅长的事——写了一篇长长的认错书。班上的同学都清楚，班主任为什么会姑息他，他实在太有才了，对谁都彬彬有礼，老师们个个都喜欢他……

11 语文课

班主任把黑板擦朝张华南扔过来，却“咚”的一声砸在了课桌肚上。张华南有些畏惧，马上正襟危坐等着受罚。班主任穿着一件有补丁的长衫，正在给大家“加餐”，讲鲁迅的《祝福》。班主任是鲁迅迷，他不甘只讲课本，他要定期在课本之外讲鲁迅，谓之给大家“加餐”。他最痛恨全神贯注讲祥林嫂时，有人居然在台下做小动作。张华南的桌上很是热闹，他把双手伸进桌兜，让线穿过桌缝，拽着一只在桌面跳舞的竹制木偶，这是他花一周弄出的杰作。要不是“咚”的一声，同桌就能看到木偶的第六种舞姿了。班主任的长衫也像木偶一样特别，那年头这种民国长衫很碍眼，与当时流行的军工装等革命制服完全不在一个队列。好在班主任来自山区，很穷，长衫上的补丁，更集中体现了他的穷，这样就没人在乎长衫与民国的瓜葛了，或者说，民国变成了穷的象征，让大家都放心了。

班主任一向很清高，这是他从鲁迅文字中读出的气度，班主任也很有骨气，从不肯为多拿几个铜板，或跻身中层干部委身求全，这也是他从鲁迅文字中读出的气节。砸完黑板擦，他倒是有点后悔。他本来是有点欣赏张华南的，张华南是排球队的主攻手，个头大，膀大腰圆，长着班主任一辈子都羡慕的大块肌肉。哎，事已做到这般，他只好大声说："我希望以后再也不要看到这个木偶，听不进鲁迅的人，只配做木偶，懂吗？"张华南抬头望着班主任，懵懵懂懂点着脑袋。鲁迅是旧社会的人，跟我有关系吗？班主任没让发怒的情绪蔓延，他把思绪又收回到鲁迅的文字中。他知道班上只有姜浩不会让他白讲。姜浩写的杂文，相当优秀，颇有几分鲁迅之风。只是这样的杂文，并不合考试要求，结尾总是跑到虚无或悲观一边，作为惜才的老师，他只能在心里道喜，或最多在班上念一念。他既不能扑灭姜浩的杂文之思，又不能过分鼓励，免得该生升学无望。

"姜浩，来来来，说说你怎么理解祥林嫂的？"

姜浩心领神会，他和班主任已无数次聊过鲁迅笔下的人物,老师只是借他的嘴来讲祥林嫂。这借嘴的做法,已有些时日了。第一次借嘴,是在班主任家里。那天,班主任叫姜浩到他家吃饭,姜浩第一次见到了人高马大的师母,足足高出班主任半个头。班主任喝了一盅酒,就借着酒劲嚷开了:"姜浩,来来来,说说你怎么理解祥林嫂的?"他知道这学生不会照本宣科,总能说到他心坎上。姜浩把筷子朝碗边一搁,就说开了。温良恭俭让并没有错,本是中国女性的美德,只是放到那个时代白搭了,这错位才是悲剧的关键,要是放到一个好的时代,祥林嫂应该有别的命运……会有别的什么命运呢?班主任用微醺的眼神看着他,明知故问道。肯定很幸福,谁不愿意娶这样的爱人呢?"呜呼!"班主任因为激动,叫声有点忘乎所以了。师母的样子,则有点尴尬。她红着脸说,都什么时代了,还温良恭俭让呢,你们去工厂农村看看,不能肩挑背扛的男人,谁还要啊?这回轮到班主任样子难看了,他也不管姜浩是否在场,不耐烦地一挥手:"去去去,妇人之见!""妇人之见?"师母念叨一遍,就转身去柜子里拿酒杯,对着班主任大喝道,"给我倒满!"倒酒时,班主任的手明显有些发抖。酒过三巡,姜浩感觉气氛不对,就借口家人担心，提前告辞了。回到家，他倒头就睡，翌日才得知班主任酒后的事。

原来师母赌气和班主任拼完酒，就把班主任往床上拖，大概班主任平时被拖怕了，就没命地朝外跑。哪知班主任越跑，师母越不善罢甘休，就在校园里追起了班主任。班主任既瘦，又斯文，还穿着长衫。师母呢，除了个高腿长，浑身还长满紧绷的肌肉。班主任没跑多久，就被师母撵上了，地点在食堂后场附近。据说班主任死活不肯回家，两人僵持了一会，就发生了惊人的一幕。师母也不管场合，就地把班主任强暴了。有个厨师站在窗口，目睹了这一幕。翌日，班主任被强暴的消息，就传遍了全校。听到消息，姜浩绞尽脑汁思索，男人怎么也会被强暴呢？他始终想不通。班主任再邀请他去家里吃饭，他就有了救老师的念头。班主任照例要他谈祥林嫂，师母已心领神会，含怒不激。姜浩也不讳言，只是救人的法子，和老师一样斯文，他继续谈祥林嫂的温良恭俭让，但慢慢谈到了他奶奶姜婆婆身上。姜婆婆在他嘴里成了这样一个角色，因为温良恭俭让，一生获得了人世间的最高幸福。班主任嘴里还是大声赞叹：呜呼！一副兴高采烈的样子。如是反复几次借嘴，姜浩才知道，他其实救不了老师。班主任几乎天天被师母强暴，大概怕丢丑，班主任再也没往家门外跑过，他至多在家里跟师母兜圈子周旋，但那也是白兜，结果总是一样，无一例外会被师母强暴……

姜浩看着班主任等待他开口的脸，有些不懂，班主任今天为何要他在教室里谈祥林嫂呢？这是过去从未有过的事啊，他很清楚班主任在家里借嘴的意图，但不清楚班主任为何要在教室里借嘴？事情来得太突然，他也来不及多想，就复述了一遍过去的看法，并举奶奶为例，若不是看在过去救老师的分上，他自己都觉得毫无新意。但班主任这回偏没有“呜呼”，而是换了说法：“恭喜恭喜！你已经读通了鲁迅，能够活学活用了！”

下了课，班主任静静地走到姜浩跟前，见他低头整理书包，就用指关节“咚”的一声敲了下课桌，说：“跟我走！”怎么说呢，姜浩就像着了魔，追着那句刚消失的话出了门。他刻意学老师，把步子迈得很斯文，不让鞋底发出大响声。两人像遛弯一样来到排球场，班主任突然停下不走了。姜浩不明其意，只能顺着老师的目光，朝场上打量。原来张华南一下课，就冲进了排球场，这会他正在练习扣球。班主任一扫脸上的疲软神情，乐滋滋欣赏着张华南的扣球英姿。“好！”“好！”……班主任一连赞了张华南十来个扣球，但并未得到张华南的回应，张华南故意低头避开班主任的目光。汗水已浸透张华南的球衣，让人能一眼看出他膀子、胸、背上的大块肌肉。班主任定定地看了一会，又扭头说：“跟我走！”

姜浩很自觉地走在班主任侧后，不敢跟班主任并排走。姜浩这时才发现，班主任背在身后的双手是空的，没带教具。说起来有点凄惨，班主任的教具就是一把界尺，不是用来打学生，是讲到得意处用来敲讲台的。据传，那也是他抵御师母的一件武器，只是武器太过常规，从未奏效过，仅能给他心理安慰。到了家里，关上门，班主任照常做饭。待饭菜上了桌，姜浩才意识到师母不在家。班主任倒了酒，依旧拉长嗓音嚷道：“姜浩，来来来，说说你怎么理解祥林嫂的？”

姜浩不语。不想班主任不甘心，又拉长嗓音嚷道：“姜浩，来来来，说说你怎么理解祥林嫂的？”姜浩学着班主任平时的样子，用指关节“咚咚”敲了敲餐桌，提醒道：“师母不在家,说祥林嫂还有什么用?”

“有用!”班主任嚷罢,一仰脖子,让一盅酒下了肚。

姜浩委实不解,就很无聊地说起来。没想到,这重复了很多次的话,班主任却听得有滋有味,最后还是大赞一声“呜呼”。姜浩不明不白,稀里糊涂地结束了这顿饭。班主任把他送出了门,还向他发出邀请:“以后再来,再来说说祥林嫂!”

到了第三天,全校就像干草遇到了火苗,嘭一下烧着了——人人都在说师母的事。原来师母被公安抓走了,是那个厨师告发了她。据说厨师目睹了那一幕,事后竟去找师母,以告发她流氓罪相要挟,想和她通奸,被师母痛骂了一顿。

把这两件事一联系,姜浩恍然大悟。原来班主任是想念师母,是借姜浩聊祥林嫂,让自己回到师母在他身边的情景中……

批注

班主任早已退休，搬离了老校区。我们在他喜欢遛鸟的赤壁桥等着他，不知他为何不愿意我们去他家？他拎着一只竹鸟笼出现时，我颇为惊讶。我从未见过一个男人如此抗衰老。他只是胖了些，皱纹多了些，牙齿黄了些，但眼睛还像过去那样炯炯有神，浑身散发着不可多得的清流之气，神情坚毅。他已不记得我，我一提到姜浩，他就惊醒了，马上说起不少姜浩的事。不知说了多久他才打住，喃喃自语道："要是姜浩能来看我该多好。""他没有回来看过您吗？""从来没有。"我一时不知该说什么好，索性转移了话题："朱老师，您夫人身体还好吧？""哼，她呀，不知她这会正在美国什么地方逍遥呢！""怎么？您夫人去美国旅游了？""是啊，她跟一个老外去美国已经旅游了三十年了……"从他自嘲的语气里，我似乎听到了他心里的龟裂声。瘦叟照例想塞给班主任一些钱，但班主任打了一个哈欠，摇摇头，表示对钱不感兴趣："我没有子女，工资月月花不完，钱多了对我没用……"望着满桥的遛鸟人，我意识到，他们才是他晚年的精神依靠。又不知过了多久，我们才从石椅上起身和他告别。他拎着鸟笼，准备上桥与那群遛鸟人会合时，像想起了什么，突然转回身，大声对我喊道：“黄梵，帮我给姜浩带个口信，叫他回来看我！听见没有？”“好的，老师，您放心！我一定亲口告诉他！”

12　城砖

班主任站在讲台跟前，用右手捂着胃，大概他的老胃病又犯了。他说，从明天起，给大家半个月时间，每人要交一板车的碎砖头。估计上次做草帽的事遭到师生抵制，杨校长耿耿于怀，这回给师生下了硬指标。据说，碎砖头是用来铺学校门前马路的，铺好，再浇上一层沥青。

“真滑稽！这城里哪有那么多烂砖头可捡呀？这不是逼你奶奶拆房子吗？”姜婆婆一边抱怨，一边真拆开了院子里的一堵矮墙。这堵墙本来围着一头睡姿可爱的小猪，姜浩经常站在墙前欣赏它的睡姿，或朝它扔石子弄醒它。可是，有天夜里，他听见奶奶在院子里忙了一宿，次日清晨，就见小猪伸直腿和脖子，死在了矮墙里，粉白的毛皮上布满红点。奶奶就像出殡那样，哭了一个上午，哭突如其来的一场出血热害死了小白猪。她哭着发誓，一定要再养一头可爱的小白猪。所以，奶奶拆墙时，姜浩一声也不敢吭，他内疚着呢。没了这堵墙，今后也不再会有小白猪了。

拆完矮墙，姜浩和姜婆婆一起用锤子把砖头捶碎，堆在墙角。姜婆婆凝视着碎砖头，失望地摇了摇脑袋。哎，这连半板车都没有呀！一星期过去，墙角的碎砖头几乎没有增加。姜浩起先还高兴地穿街走巷，到处寻找砖头，找了没几天，就彻底泄气了。杨校长的硬指标，逼得全校学生疯了一般满城瞎转悠，个个把眼睛瞪得老大，生怕错过地上的烂砖头。常有学生为了一块烂砖头争执不下，甚至大打出手。姜浩碰上这种事，总是礼让，他对自己的个头和体能颇有自知之明，动拳头可不是他的擅长。眼看城里所剩不多的烂砖头，都被学校的混混用武力“捡”走了，姜浩急得辗转难眠。

姜婆婆苦思冥想，她再没有墙可拆了。她比姜浩还愁，屡屡跟姜浩嘀咕：“实在不行，奶奶就去乡下亲戚家，拆他们的围墙！”姜浩并不希望奶奶真那么做，亲戚家离黄州有二十里不说，人家的围墙也是用来养猪的。就在姜浩束手无策时，一个“好消息”如晴天霹雳，突然在黄州炸响。据说县委刚刚做出决定：本周起拆东门。

黄州镇一共有四座古门：清源门、汉川门、清淮门、一字门。到了六十年代，清淮门因朝着东升的太阳，已改叫东门。东门扼守着主街的东端，像一道屏风，把熙熙攘攘的街道，与城外一条光秃秃的公路隔开。姜浩听到大人们议论纷纷，说拆了东门，主街就可以继续向东延伸，黄州城又要扩大了。姜浩禁不住和大人一样，心情激动起来。只是，他并不在乎黄州是大是小，他的思绪还是在捡烂砖头上，东门要是拆了，该有多少烂砖头可捡啊！姜婆婆跟他想的一模一样，很快备好了板车，就等着东门开拆。

拆东门的那天，现场如同集市，多数人是来看热闹的，也有少数人像姜婆婆一样反应快，推着板车或挑着担子来捡烂砖头。这些墙砖，一般砖头可比不了，又大又厚，轻易敲不碎。捡砖头时，姜浩高兴着呢，捡得民工直嚷嚷：“嘿，这孩子简直是在抢砖头呀，嘿，这砖头是有用的……”姜婆婆可是有备而来，她上前给工头塞了一包环球牌香烟，民工们就睁一只眼闭一只眼了。姜浩和姜婆婆捡了大半车墙砖，拉回家时正好被姜奉三撞见，他鄙夷地瞥了一眼车里的墙砖，就钻进了屋里。姜浩和姜婆婆一人手执一把铁锤，当当啷啷，足足锤了数小时。这些古代的墙砖硬着呢，有时几锤子砸下去，竟不开裂，震得姜浩虎口发麻。好吧，辛辛苦苦全部捶碎，约莫有了一板车，姜奉三偏偏钻出了房门，来到院子里。他一向不关心姜浩捡烂砖头的事，但那天他破天荒，缠着他们问东问西，还不时唉声叹气。

“哎，我真不懂，好好的东门为什么要拆？你们为什么要把好好的墙砖捶成碎块？”

“爷爷，东门拆了，黄州就可以建得更大，把墙砖捶碎了铺马路，就可以通汽车了，这叫进步！”姜浩用听来的话回答道。

姜奉三并没有听进去，他走进房门前，回头望着他们脚下的碎砖头，又嘀咕道：“黄州都拆了，还叫黄州干吗？干脆叫北京好了。”

姜浩有点听不懂爷爷的话，但他并不打算深想，他正充满由衷的庆幸呢。他瞥了一眼脚下的碎砖头。谢天谢地，我总算可以去学校交差了！

批注

瘦叟不愧一直待在黄州,很快找到了还剩古城墙的地点。说十八坡还有城墙,不如说十八坡还有城墙的痕迹,那条一直上坡的路,其实是建在城墙的土坡上。以前县委的院子里,还剩一小段城墙。胜利南村边也有一段,只是已被列入旧城改造,危在旦夕。瘦叟想起他母亲说的一件旧事。六十年代起,黄州街上曾出现一景,常有农民拉着一板车烂砖头,在街头叫卖。所谓的烂砖头,其实是农民从城墙脚下挖出的墙砖。经过六七十年代不懈地挖掘,黄州不少古城墙就这样消失了。我对瘦叟说,这种情况也并非孤例,以前意大利罗马的市民们,也曾这样把古罗马的圆形竞技场挖残;民国时期的南京市民们,也曾把明故宫的剩余城墙给挖光。瘦叟带我来到唯一幸存的汉川门时,我有点奇怪它的模样。记忆中,它是一座两层楼的城门,但眼前的城门分明是三层,莫非我的记忆出了错?“你没记错,它原来是两层,但县里搞旧城改造时,把它改成了三层,他们说改成三层更气派……”

13 演员

学校要组建一个文工团，演员要从学生中挑选。校内没人懂得如何挑演员，据说就找了镇歌舞团，请他们派人来学校帮忙挑选。全校学生只知他们要来，但不知何时来。

一天上课时，一向叽叽喳喳的课堂，突然肃静起来，走廊里出现了几个校外的人。他们最明显的是，腰杆笔直，身材匀称，像从一个模子倒出的。学生们立刻意识到，他们就是歌舞团的人。听到他们走进教室的声音，姜浩的心开始怦怦直跳。他已是学校排球队的队员和绘画组的成员，课外生活已丰富多彩，并不在乎进不进得了文工团。但他们走进教室的刹那，姜浩原本满不在乎的心，竟蓦地涌起了一丝渴望：他盼着被歌舞团的人选中。他们选人的标准当然是好看，这好看与普通人眼中的好看，并不完全一样，他们挑出的好看更专业，更耐看，一旦被选上，姜浩会觉得荣耀至极。姜浩一向对自己的长相没有信心，历史老师的闺女董岚，与他同在校美工组，有一阵子甚至与他合作画墙报，但他们很少说话。他凡事迁就对方，心里暗恋着对方，可是董岚看他的神情，还是带着呛人的冷漠和高傲。他把这冷漠归咎于自己长得难看。

教室里走进来两女一男，他们看人的神情，像极了董岚看他的神情，那股冷漠逼得学生赶紧绷直身子，大气不敢出。教室里静得只剩来人走动的脚步声。姜浩把自己的眼睛管得很紧，只向前盯着黑漆漆的黑板。眼睛的余光中，他觉得来人并没有特别留意谁，他们从第一排桌子走到最后一排，再走回讲台，挑选就结束了。

一周后的一天，班主任突然宣布：姜浩被文工团选中了，他是班上唯一入选的人。姜浩惊得张大嘴巴，不敢相信地看着老师，心里却掠过一阵狂喜。原本整整齐齐坐着的同学，突然乱哄哄闹开了，男生们开始像鹦鹉，一遍遍用重复的话，讥笑着"夸"他："他被相中了，因为长得甜。""对，甜得像个小娘子！"他看到一大片女生，也全都扭过头来打量他，仿佛是要弄清他的脸，与其他男生的脸究竟有什么不同。他并不在意这些窜来窜去的目光，只在意董岚怎么看他。他知道，董岚应该比谁都更早知道此事，因为董岚的母亲，正是文工团的带团老师。他去美工组画画时，希望董岚没有了往日的冷漠。大错特错！董岚还像往日一样，只用眼睛盯着画面，根本不瞅他一眼。他不时瞥一眼董岚的背，摸不着头脑，情绪上变得有点沮丧，感觉去文工团当演员，已有点别扭了。

文工团的小演员们，白天常要停课排练，尤其到了大家熟悉的节日，经常还需要晚上排练。刚开始，姜浩觉得挺好玩，只需准确记住自己的跑位和动作，就可以避开那些枯燥的课堂。每排练一会，他就和其他团员出来溜达一阵，看着教室里的同学，个个正襟危坐，大声读着课文，他感到了从未有过的自由。文工团还有个地方吸引他，每次正式演出前，带团老师会叫人买来一篮子点心，分给上台的演员。姜浩家境困难，进了文工团，他才第一次吃到蛋糕和桃酥。刚进团时，他演得不错，常受表扬。后来，董岚的母亲要排一场难度很大的晚会，安排姜浩连翻十来个跟头，姜浩就犯难了。校体操队海选队员时，他曾入队学过一周，学到翻跟头时，被刷了下来，教练说他的跟头，总不合格。这回轮到董岚的母亲不满意了，见他翻跟头时，手臂、身子和腿很难绷直，始终不在一条线上，就给他开了一剂“猛药”：每天必须翻一千个跟头。

姜浩发现，自己每天翻不了一千个跟头。自从进了文工团，他才有了一些不上课的自由，没想到董岚母亲编排的新舞蹈，又把他打入更枯燥的地狱：一个单调的跟头，每天要重复一千遍。他知道自己怎么也翻不好跟头，体操队教练早对他说过，翻跟头也需要天赋。于是，他觉得教室是更适合他待的地方。他屡屡请假，宁愿待在教室上课，也不来文工团翻跟头了。

一天，他接到文工团通知，跟往常一样，文工团因要参加节日汇演，临时决定下午提前彩排。这个消息实在叫他高兴不起来，董岚母亲对彩排一向要求很严，要是他的跟头又不合格，她大概会把他每天的跟头数，加码到一千五百个。正当他情绪低落，无计可施之际，班主任突然宣布下午全校高年级去郊外学校农场学农，一律不许请假。他不由得喜出望外，决定下午去学农。

农场紧挨着江边，隔着江堤，他能听见江水拍打堤岸的浪声。他觉察到，班上的同学跟他一样，见了水就兴奋。班主任不允许学生跳进江里，男生就下饺子似的，扑通扑通朝水塘里跳，不一会，水塘也变得拥挤起来。姜浩在水里泡了一会，一眼瞥见董岚也站在水塘边，他条件反射似的朝远离她的方向游去。他知道自己巴不得在她身边多待一会，但就是这份强烈的喜欢，却驱动他的身体逃离她。他一游快，就暴露出短板。他不会蛙泳，只会自创的一种泳姿：右手伸直，靠左手和两腿产生的浮力和推力前进。对一个女生来说，标准的蛙泳当然优美，他的泳姿能不把女生吓着，就算不错了。男生们刚玩到兴头上，集合的哨声就响了。等姜浩水淋淋地爬上岸，董岚不见了踪影。他沮丧地摇摇头，有点恨自己在董岚面前的糟糕表现。

小小的农场，挤进了三个年级的上千名学生，到处是喧声，他们的任务是插秧。因为害怕蚂蟥，姜浩自告奋勇，加入了运秧小组。这工作倒很适合他，他推着板车走在田垄上，远远可以望见董岚，她那插在泥水里的一双秀腿，和她的脸蛋一样雪白耀眼。对乱糟糟忙碌的学生来说，蚂蟥才是最要紧的事。蚂蟥一旦吸上腿，女生都会大声尖叫，男生则故作镇定，倒不急于拽掉腿上的蚂蟥，而是招呼周围的人过来围观，看蚂蟥如何吸他的血，以此显摆他的勇敢。姜浩运了一小时的秧，正准备休息一会，却见班主任过来找他。班主任流露出责备他的神情，问姜浩为什么不告诉他下午有彩排活动？文工团的带团老师刚才在电话里发了火，责怪姜浩缺席彩排。姜浩垂着眼皮，未作解释。

他单独回到学校时，带团老师已不让他进排练厅。带团老师用鄙夷的目光看着他，说："你看看你一身泥巴，这哪是来彩排的？你还是回农场去吧！"带团老师的话，把他心里的积愤点爆了，他忍不住吼了老师，大声说："你以为我稀罕这破文工团啊？我早就不想演了，我现在就退出文工团，你以后别来找我了！"

还有什么比得罪心上人的母亲更让人绝望的呢？他觉得董岚一定恨死他了，现在他只剩下一条路了，那就是别再指望董岚会搭理他。说来也怪，他越是绝望，越觉得董岚的一颦一笑是那么高贵，摄人心魄。放学时，看着她远去的背影，觉得那背影里有一根线拽着他的心，扯得他心痛……

一天，他因为参加排球训练，放学时留在美工组赶作业。大概是巧合，董岚也留下来赶作业。当屋里只剩下他俩时，姜浩的呼吸变得急促起来。姜浩像钉在凳子上的一枚钉子，纹丝不动，生怕会打破这死一般的沉寂。直到董岚大大方方走过来，把她的一寸小照片放到桌上，说："给你做个纪念！你也有照片吧？"姜浩惊愕地看着她，完全不知所措。"你要没有就算了，反正你有我的就行了。"

姜浩总算回过神来，他不解地问她："你为什么会选我？"

董岚抬起精致的下巴想了想，说："我喜欢你丑得要死的游泳姿势，还喜欢你跟我妈作对！"

"就这些吗？"

"这些还不够？"

批注

我和瘦叟只坐了一站公交车，小时觉得离城很远的小学农场，竟就出现在眼前。农场已见不到农田了，大部分农田都成了住宅。姜浩下过水的那个池塘，居然还在，小区在上面盖了亭榭。小时，我脑子里有血吸虫的知识，因为怕染病，就不像姜浩他们那样有勇气下水。我和瘦叟到处打听才知道，这爿小区的地，二十年前已不属于小学，也没有小学老师住在这里。我特意找到自己当年插过秧的地方，记忆之深，全归功一条吸在我腿上的蚂蟥。当时，我全无男生该有的无畏气概，竟吓得像女生一样大叫。遍地学生大概听出，那慌张的叫声来自一个男生，顿时大笑不已。那笑声犹如成吨的土，简直能把一个人活埋……过去插秧的水田，已是眼前的绿色步道，偶尔有一两个跑步的人，从身边越过我们。“上次我们去学校，好像没看到姜浩他们演出的排练房。”“嗯，好像拆了。”瘦叟接着补充道，“我倒是很想找到董岚，可惜听人说，她小学一毕业，就跟家人搬到外地去了……”

14 友谊

姜浩紧跟着七毛进了他家的卧室，迎面是一排五斗柜，柜子上有十来个古色古香的铜拉手，一下吸引住了姜浩。七毛去窗台找弹弓时，姜浩没有像往常那样凑过去，他停在五斗柜跟前，伸手去摸那些铜拉手。他摸得很仔细，他太喜欢铜拉手那种被摸得发亮的质感，觉得这摸得着的历史，比历史课有趣多了。他家的各种木柜上也有铜拉手，只是所剩无几，都被奶奶拿去送进了当铺，换点救急的钱。

“姜浩，你过来！”

七毛拿着刚找到的弹弓向他示意着，姜浩因思绪沉浸得太深，竟没有听见。“喂，姜浩！”七毛又挥了一下手臂，姜浩才猛地惊醒。七毛手上的弹弓，其实是姜浩的，那是班上一个坏孩子送他的，为了答谢他帮忙做了一次家庭作业。那弹弓粗大，皮筋力道足以射瞎任何动物的眼睛，用来裹石子的弹袋还是真牛皮的。姜浩爱不释手,但没有勇气带回家,奶奶一定会把弹弓没收,为了让他学好,奶奶八成还会用斧子把弹弓劈了当柴烧。姜浩希望自己不时能看到这把弹弓,回家路上就把弹弓送给了七毛。那天,姜浩又想念起这把弹弓了。

“七毛,你在跟谁说话呀?”

姜浩完全没料到屋里还有其他人,他诧异地把目光投向声音的方向,发现床上隆起的被子里竟窝着一个衰弱的妇人。

“她是谁?”

“是我妈,别理她!”

姜浩更诧异了,七毛从不谈论母亲,让姜浩以为他母亲跟他父亲一样都远在内蒙古。姜浩没有不理她,他好奇地朝床前迈了几步,怯生生盯着她的脸。“别理她!”七毛又在背后嘟哝道。就在姜浩真的打算不理她时,她突然开口说话了,问他喜欢听故事吗?他当然喜欢,尤其喜欢听不寻常的故事。她又问他喜欢听真人真事,还是童话故事?“童话故事。”说完他已经挪不动脚了,不管七毛怎么喊他,他都不搭理七毛了，他真的想听她讲故事。

她的枕边摆着一只带盖的搪瓷杯，军绿色，盖子和把手被一根细绳拴着。她把搪瓷杯打开，朝里吐了一口痰，讲起了《狼与小红帽》的故事。讲到狼扮成小红帽的外婆，吃掉了小红帽，故事就戛然而止。姜浩吓得大气不敢出，连忙问："那后来呢？""没有后来了，故事结束了！你要不要再听一个？"姜浩的思绪还停在小红帽的故事里，他勉强点了点头。成年之后，他才知道《狼与小红帽》原本有圆满的结局：过路的猎人杀死了狼，救出了狼肚里的小红帽和外婆。她故意舍掉圆满的结局，把童话"阉割"成了残酷的现实……

他再次去听故事时，发现她的脸上抹了胭脂，胭脂红有点刺目，像两片残霞挂在她的脸颊，他还闻到了一股异味。异味令他离床一米就停下了，远远地看着她。

"快过来呀，再靠近点！"她露出欣喜的微笑，又从被窝里伸出手，探到枕头底下，摸出了几颗糖果。糖果太诱人了！姜浩忍不住朝前跨一步，手就触到了床。他不知道异味从何而来，直到她掀开搪瓷杯，令他看见了杯里装着满满的绿痰。

“你快吃糖呀!”

他本想剥开糖纸,又止住了。他感觉那股异味像一只手,已伸到他的喉咙里,他紧闭着嘴,不想把异味和糖水一起咽进肚里。

“我想回家吃!”他吐出这句话时,竟没有露出牙齿。但她一讲故事,他就不觉得周围还有什么异味了。她的故事没有课本里的枯燥套路,气氛总是哀伤,甚至绝望,总让他想到自己远离父母的孤单处境。每次他走进卧室,看见的永远是那样的景象:她拱在小山似的被子里,被子的形状酷似坟墓,她承受着坟墓的重压,艰难地从里面探出细瘦的脖子和头……

有一天,姜婆婆得知他手中的糖果来自七毛的母亲,就警告他,不要再去找她,她得了能传染给别人的痨病。痨病的可怕,他听二道巷的大人说过。只是,他想听新故事的念头,老在心里窜来窜去。过不了几天,姜婆婆的警告就失了效,拗不过那故事的吸引力了。那看似威吓的警告,还是暗中起了作用,他回家也不敢吃糖果了。那几颗糖果一直被他搁在衣兜里,还不时攥在手心摸来摸去,直到一天路过二道巷的垃圾箱时，他狠了狠心，把糖果扔了进去。他再去听故事，就多了一点心眼。比如，每当她要把糖果塞到他手心，他就会不由自主地往后退，直到实在拗不过她的热情，勉强微笑着收下糖果。

他没有停止去听故事，这可成了姜婆婆的心病。姜婆婆警告他："莫去她家玩哪！搞得不好，你会得和她一样的病，一辈子躺在床上……"他捉摸不透她的病，奶奶的话令他手心的糖果仿佛已带着病菌，他当然不会把糖果吃进肚里。他把糖果埋在二道巷一棵槐树底下。再后来，他会"大大方方"接下糖果，转身再偷偷摸摸埋在槐树底下。他不知道槐树会不会也像她那样，病得倒地不起。每天上学时，看见槐树没什么异样，依旧健健康康摇动着叶子，他便相信自己没有埋错地方。他与七毛之所以特别"相投"，她的故事功不可没。有时她讲完故事，会问他带不带劲，他呢，也不含糊，不总是说带劲。她马上就像下象棋残局那样，把不精彩的地方，重讲一遍。这一遍，一定会让他的脸上漾出满意的笑来。

她死的那天，他一个人愣愣地待在家里，没有跟奶奶去

“凑热闹”。七毛家按照办丧的习俗，摆了五桌“吃大肉”的酒宴，姜婆婆没能说动姜浩赴宴。姜婆婆回来后的夸张叙述，令姜浩觉得她的出殡，依旧是一个极富想象力的故事：她已经轻得像一只鸟，抬棺材的人就像拎着一只鸟笼子，旁人都说他们抬的是她的灵魂，她的身子早已被痨病吃光了……

姜浩二十岁时，同样的痨病也撂倒了他。当然，他比七毛的母亲幸运，一个见过世面的女医生，给他开了特效药：雷敏风。回想起来，治病的过程短暂又快乐，没有一丝痛苦。他由此知道，结核病菌就是那时伴随着她动人的讲述，悄悄潜入了他的身体，直到他二十岁时才伺机发作。很多年后，当他成了一个有经验的登山者，永远喜欢山上富于想象力的征途，他才知道，他已不经意继承了她的衣钵：哪怕再绝望，也要让想象力飞起来。每每想到这些，他心里总是热乎乎的……

批注

七毛母亲的老宅子还在，只是换了主人。对于我们想进屋看一看的请求，新主人完全不予理睬。他通过大门的猫眼盯着我们，问了几句话，索性就盖上了猫眼，把我们拒之门外。好在瘦叟通过文联的谭冰，打听到了七毛母亲的墓地，她还算有另一种幸运，死于火葬流行之前，享受到了祖祖辈辈的土葬。那片墓地就在龙王山的后山，是黄州唯一保留的野坟地。墓地里面的树丛特别茂盛，她葬在里面，有四十多年没晒着什么太阳了。亏了瘦叟小时听过不少他爷爷的故事，当他蹲着打量七毛母亲的墓碑，见上面写着"安妮山之墓"几个字，立刻跳了起来："哎呀呀，这个名字我听爷爷说过的，没想到七毛居然是她的儿子……"他说安妮山曾是黄州一位大家闺秀，为追随抗日的男友，弃家进了大别山，跟着漆大爷的队伍一直打游击。"难怪我们小时候，七毛家的房子比谁家的都大呀。"我们在野坟地找了好几圈，也没找到七毛父亲的墓。"七毛会把他父亲的骨灰盒，埋到哪里呢？""谁知道呀，他总是不按常理出牌。"

15　野炊

长长的两栖车队驶近前，只见车队上空笼着蒙蒙烟雾，不久，学生之间的说话声也难以听清了，滚滚铁流发出的隆隆履带声、引擎声，令急切想说话的人，得拼命提高嗓音。几十辆轮式和履带装备车，一眼望不到头，大概为了对县委书记的欢迎辞显出礼貌，庞大的车队在街上停了一会。巧得很，姜浩做梦都想见到一辆两栖坦克，现在居然真有一辆停在他跟前。他再也没有心思挥动手中的鲜花了。这种坦克的表面，就像浆过的衣服，笔挺，有棱有角。他耐不住心里的好奇，上前抚摸起来。作为学生欢迎方队里的一个标兵，他从未有过这种不守责的举动。见他弃花去摸坦克，刚才还花枝招展的学生方队，一下就溃散了，学生们纷纷弃花围住了各种装备车辆。姜浩心里还唠叨着一堆悄悄话呢：你看这漆面，就像奶奶说的有看相，摸起来手感也好，让人就是想爱惜，连指甲印都怕留下……可是，钢板这么薄，比我家门板还薄，倒是适合水中泅渡，但就凭这么薄薄一层钢板，要挡住飞来的炮弹，能行吗？摸完坦克，他心里积满了更多的疑问。街上早已人声鼎沸，谁也不去听县委书记那冗长的欢迎辞，直到引擎声又轰隆隆响起来，人群才迅速退回到路边。车队来得快，去得也快，不一会，街上就只剩下了不知所措的人流……

姜浩垂着头，一人走着回家的路，丧气的样子就像一个败兵。原来方队解散前，领队老师厉声训斥了他，说他带头破坏了方队纪律。他承认老师说得对，一点儿也没冤枉他，谁叫坦克迷了他心窍呢？不过翌日清晨，他上学路过广场时，精神又陡然一振。他看见约莫有一个排的部队官兵，居然驻扎在广场。他连忙向路人打听，才知道这是昨天舟桥部队的通讯排，要在广场拉练三天。整个上午，姜浩望着教室的黑板，眼前却浮现着通讯排的帐篷、发报机、成堆的器械等。到了中午，放学铃声一响，他抓起书包，第一个冲出了校门。

通讯排还待在广场原处，只是他们以班为单位，开始在土质的广场上刨坑。他们刨的坑很讲究，坑口正好可以搁下一只铁锅，坑边又刨出一个通气和送柴的道口。这种临时的土灶只能烧柴。姜浩恍然大悟，明白了他们为什么要驻扎在广场西边的槐树林里。那时已是暮秋时节，黄绿相间的林间，落满了一层枯枝败叶，正好成了土灶的绝佳燃料。为了便于烧火做饭，炊事员们都把帽檐移到了脑后，活像银幕上那些歪戴帽的美国大兵，那有点痞的模样，倒令姜浩耳目一新。土灶边，站了不少看热闹的黄州人，都对炊事员的厨艺赞叹不已。只半小时的工夫，成盆的猪油渣青菜、胡萝卜青椒干丝、西红柿炒鸡蛋就出了锅。锅里飘起的油香和菜香，犹如一只刨子，立刻刨出了姜浩心里的大馋虫。轮到官兵到炊事员跟前排队打饭，眼前更出现了不可思议的一幕：有战士帮炊事员不停从军用铁罐里，取出一只只罐头，递给打饭的官兵。姜浩把脚挪近他们，真是开了眼。他们用开罐的钥匙，轻轻一卷，铁皮罐头就拉开一道口子，卷完一圈，铁盖已齐齐裁下。罐头里是红烧肉！红烧肉可是让姜浩伤了十年神的大荤食啊！爷爷奶奶家里向来缺肉吃，他那空空荡荡的胃里，十年中收罗的红烧肉，屈指可数。

锅里飘起的油香和菜香，犹如一只刨子，立刻刨出了姜浩心里的大馋虫。

他虽然是好学生，还是抵御不了红烧肉的诱惑，他时常觉得，若是顿顿能有红烧肉吃，哪怕让他交白卷，做坏学生，天天被老师训斥，他也愿意。官兵们吃饭太特别，真有风卷残云之势，姜浩鼻子里萦绕的香味尚未散尽，盛菜的盆和碗，已空空如也。有人知道这是一种必需的军风，就踱来踱去，以了如指掌的口气向众人解释："部队的人吃饭就是得快，真要打起仗来，吃饭只能见缝插针……"听完，大家因自卑，都瓮声瓮气地点头称是。

姜浩面色微红，因心里有事，转身回家了。家里的门虚掩着，还没进门他已嗅出，奶奶正在厨房炒雪里蕻。姜婆婆家每月只有一周日子过得还算"宽裕"，那时刚拿到姜奉三的搬运工工资和儿女的赡养费。那时姜婆婆炒雪里蕻，会比平时讲究，会撒进一点肉末。姜浩心急如焚，一个箭步来到锅前，飞快瞥了一眼，脸色顿时变得惨白。

"又是雪里蕻！又是雪里蕻！连个肉味都没有！"

姜婆婆依旧安静地炒着雪里蕻，她从锅里捻出一小撮，吃掉才说："儿嘞，这是用猪油炒的，好吃嘞！"

"没有肉，我不稀罕！"

“儿嘞，莫和奶奶赌气呀，下月就有肉吃了！”

“不，我不要等到下月，我现在就要吃肉！”

姜婆婆又从锅里捻出一小撮，示意姜浩过去尝尝。姜浩把身子往旁一闪，转身去了自己的房间。哪怕隔着客厅，还是能听见姜浩翻箱倒柜的大响声。末了，姜浩拿着一张叔叔的照片，倚着堂屋木门端详起来。照片里的叔叔，身穿有四个兜的军官服，显得踌躇满志。叔叔常辗转托人，不时给他带回几本《十万个为什么》。据说叔叔所属的炮团，常拖着加农炮去海南拉练。姜浩盯着照片看了半天，突然昂起脖子，对着厨房大声嚷道：

“我一到十八岁，就去当兵！”

“儿嘞，使不得呀，你是姜家的独子，姜家不能断后啊！”

“我就要去当兵！”

“为什么？你不是想当天文学家吗？”

姜婆婆非常熟悉他的志向，那志向是由《十万个为什么》一页一页培育出来的。

“我改主意了！”

“那你也得说出个道理呀，奶奶虽然是个文盲，但世间道理还是懂不少呢。"

"我就想当兵，就想保卫祖国！"

姜婆婆停下锅铲，朝锅里打了一只鸡蛋，扑哧哧的煎蛋声和香味，不请自来，一起涌到了姜浩跟前。"莫说大话呀，你身子骨不适合当兵嘞。"奶奶一边煎蛋，一边继续劝他。

"适合！"姜浩靠着门板嚷道，但声音已没刚才那么高亢了。

姜婆婆把荷包蛋铲到碗里时，朝他喊了一声："儿嘞，奶奶今天给你补一补，快来吃荷包蛋哪！"

姜浩一声不吭地来到了厨房，他吃得很慢，很安静。吃完，姜婆婆问他："还去当兵吗？"姜浩低着头，显得不好意思，瓮声瓮气哼了一声："去！"但怎么听，都让人觉得有点违心……

批注

以前特别醒目的人民广场，已改建成了服装市场，我一时也数不清，究竟在广场原址上盖了多少排平房。我和瘦叟寻了半天，竟没找到一棵树，原来占满广场西边的槐树林，已砍得净光。我记得广场东边还有一个灯光篮球场，现在只见到一幢大酒楼。瘦叟说，他爷爷脑子里还装着广场的很多旧事。瘦叟把我带到老人家跟前时，老人家正在小区院子里晒太阳，都九十多岁了，身子还挺硬朗。暖暖的风吹来，让他很快陷入了回忆。不知是何缘故，他只反反复复说一件事。说日本人快打到黄州时，有个黄州青红帮的舵把子漆大爷，带领他的人马，到广场召开了声势不小的民团抗日誓师大会。老人家当时是文宝店的账房先生，起初是去广场凑热闹，没想到那满场的誓师口号，把他的心彻底撼动了。大会一结束，他就找到漆大爷，打算捐出百余两银子，帮漆大爷购十来条汉阳造步枪。同时，他也提出条件，希望漆大爷收他做民团的会计。民团当时也正缺读书人，漆大爷二话不说，请他做了民团会计兼军师。等日本人打到黄州，民团便退进大别山打起了游击。老人家说，在民团最苦的时候，他生病高烧，为了活下去，他擅自脱队潜回了黄州。新中国成立后，他再也没有颜面去找漆大爷，他知道漆大爷作为德高望重的革命老人，就住在黄州八卦井。老人家说，他以前最喜欢去广场晒太阳，到了那里，人好像又回到了誓师大会的那一天……“您现在还去广场晒太阳?”

“哼，到服装市场还能晒到太阳？只能晒到钱吧……”

16 忆苦思甜

姜浩坐在姜奉三对面，看姜奉三用筷子优雅地戳着碗里的荷包蛋，把它一分为二。姜浩感觉嘴里的口水越积越多。荷包蛋哪怕已戳成两瓣，在他眼里还是鲜香四溢。不用说，姜奉三照例会把其中一瓣，夹给姜浩的妹妹姜妮。另一瓣，则会夹到自己碗里。姜浩没法对爷爷的做法有意见，爷爷去码头担一天江沙，落入肚里的营养，只有这半只鸡蛋。妹妹呢，年龄尚小，还不懂什么是体面，她一边盯着荷包蛋，一边咂巴着嘴，不停咽口水。姜浩比妹妹大五岁，所以，他咽口水时必须没有声音，必须让爷爷觉察不到。

不到两分钟，姜妮碗里的荷包蛋就没了，吃完，她又眼巴巴盯着姜奉三的碗。姜奉三从来不会把荷包蛋一口吃下肚，他会像吃咸菜那样，咬一小口，再扒一大口饭。姜婆婆故意在荷包蛋里多放了盐，好让姜奉三吃得久一些。姜奉三看看姜妮，又看看碗里的荷包蛋，这样来回几次，又下了决心。他再次用筷子优雅地戳着荷包蛋，把它戳成两瓣，再夹一瓣到姜妮碗里。姜妮如获至宝，又一口吃进了肚里。这时姜婆婆气鼓鼓发话了，她埋怨丈夫太宠姜妮，不顾自己也需要营养。姜奉三倒把这埋怨当作了安慰，笑道："我就宠她，你能拿我怎么样？我心里高兴，不也是营养？"姜婆婆瞥了姜浩一眼，故作愠怒地骂道："你个老糊涂！我懒得跟你顶嘴！"

姜婆婆往往会在第二天没别人时，声情并茂地跟姜浩叙上一会，她要竭力抹去姜浩心里的失落感。"儿嘞，爷爷苦啊！一个堂堂书生，如今落难成了码头搬运工，他心情不好嘞。妮妮从小在他身边长大，爷爷就靠逗她宠她，换点好心情。浩浩，你要理解啊……"不管奶奶说什么，哪怕姜浩心里依旧飘着一丝妒意，他都懂事地点着头。姜奉三也会找机会补偿姜浩。他每天傍晚去巷口自来水站挑水时，时不时会叫上姜浩。姜奉三打开用报纸做的纸钱包，准备付水费时，会顺便拈出一毛纸币，塞进姜浩手里。姜奉三爱干净极了，他不像那些没钱包的人，会把钱直接放口袋里。每次姜浩拿到钱，都暗暗告诫自己：以后爷爷再分鸡蛋给妹妹，我绝不妒忌！

姜浩已上小学三年级，学校不再“娇惯”这些“高年级生”，开始给他们上“忆苦思甜”课了。这种课一般都是大课，大到整个年级一起上。学校会请来知名的贫农代表，上台控诉旧社会地主老财的各种罪行。这种课常安排在春暖花开的季节，选一个阳光灿烂的日子，让学生坐在四周开满槐花、玉兰花、丁香花的空地上。所谓的讲台，就是一张课桌和条凳，摆在面对空地的教室走廊里。开会前，学校食堂的大灶上，早已熬好了一大锅特殊的粥。学生路过时，都忍不住朝锅里瞅一瞅。锅里除了喂猪的细糠，还加了大米，甚至红糖。上课前一天，学生们已得到通知，次日要自带碗和汤勺。通常，贫农代表会在群鸟的唧啾鸣啭中，越讲越悲切，直到喉咙哽咽，泣不成声。这时，台下的班主任们犹如得了号令，一起打开盛粥的木桶，开始给学生分发这种糠粥。有的老师一边分发一边会说：旧社会穷人吃的全是糠，连一粒大米都没有，学校怕你们受不了，才加了米和糖。就算有大米和红糖，女生一般也受不了，倒是不少男生吃得津津有味，居然交头接耳说好吃，纷纷要求老师再盛一碗。这情景让老师们又忧心起来。如果连这忆苦的粥，也会让学生们神往，忆苦思甜课岂不白上了？杨校长听了老师们的反映，想了半晌，决定不再朝粥里放糖，大米也尽量少放。

一天，学校请来了一位外地的贫农代表，据说他讲的忆苦思甜课比谁都多，很有感染力，听完没有老师不抹眼泪的。姜浩照例带了他的搪瓷碗和瓷勺，早早来到学校。他特地路过厨房，去观赏那口熬粥的大锅。细糠和大米正在锅里翻滚着，跳着七毛所说的“扯蛋”舞。他靠近大锅嗅了嗅，没有一丝糖味。他发现，大米也比以前少很多，就像星星点点的白斑，长在满锅细糠的黄脸上。贫农代表大约讲了一刻钟，姜浩又一如既往开始庆幸自己生在新社会。是啊，眼前没有一丝压抑感的春色，汇集着鸟鸣、花香、阳光的会场，让姜浩觉得这就是新社会，比贫农嘴里悲惨、阴森的旧社会，要明丽太多。当班主任开始瞥她的上海牌手表，姜浩意识到，忆苦思甜课的高潮就要到来。只见贫农代表转身掀开衣服，向台下展示横在他背上的一道长疤，说是他没钱交地租，被地主砍的。这道长疤，在学生心里投下了一道长长的阴影。就在他讲得气息衰微，话儿渺无踪影时，来回踱步的班主任，迅速俯身掀开了木桶盖，开始用长柄木勺给大家分发糠粥。姜浩吃饭一向很慢，但他发现，过去吃饭比他快的那些男生，竟都细嚼慢咽起来，个个面露难色。说来也怪，姜浩倒不觉得难吃，认为用它来填饱肚子，再合适不过了。当班主任拎着桶和木勺，询问有谁需要添粥，那些男生个个都摇起了脑袋，他们私下抱怨糠粥难吃得要死。姜浩吃完，嗝了一口气，又举起搪瓷碗，向班主任索要糠粥。他的这个举动，令班主任高兴不已。班主任故意逗他："怎么？是因为好吃，还想再吃一碗？"姜浩心里确实有这种想法，但他不敢说出来，他只敢说："不好吃！"班主任继续逗他："不好吃，干吗还要再吃一碗？"他盯着木桶里热气腾腾的糠粥，嗅着细糠和大米混合散出的一缕香味，答道："我，我是为了多尝尝旧社会的苦……"

事后，他被班主任树为学习忆苦思甜课的典型。他因为多吃了一碗糠粥，不得不登上本班讲台，向同学讲述他上忆苦思甜课的心得体会。登上讲台的一刹那，他多希望自己没多吃那一碗糠粥啊。但他明白，自己当时实在没法抵御那碗糠粥对他的百般诱惑……

批注

我当然也吃过忆苦思甜的饭，只是没有姜浩那种由家境造就的“禀赋”，会觉得它好吃。记得当时吃起来，味同嚼蜡。哪怕已事过境迁，我还是想证实它确实味同嚼蜡。瘦叟很快有了一个主意。他说十几年前还有一些单位食堂自己养猪，现在城里再也没有人养猪了。瘦叟不会开车，就租了一辆出租车，带我去了郊外一个村子。村中有一条街，两边全是从事农家乐的餐馆。瘦叟带我一直走到村边的山丘下，才见到一处猪栏。十来只大大小小的猪，正拱在一起睡觉。瘦叟上前给主人递了烟，显然他们是熟人。了解到我的来意，主人拎了一只大铁勺，从食槽里舀了一勺饲料，端来给我们看：“我从不乱来，从不给它们吃激素，它们老健康啦，除了麸皮，还要加其他营养，再加点米。”我皱着眉头犹豫了半天，才说：“我可以尝一下吗？”“尝吧！对身体绝对无害。”大概看出了我的顾虑，他率先用手捻了一撮，放到嘴里，“嗯，味道还凑合，放心吧，对人无害！”我总算克服了心理障碍，也捻了一撮，放到嘴里。回城的路上，我才告诉瘦叟："我不能想象姜浩当年能吃好几碗，也不能想象每次忆苦思甜，我也必须吃完一碗……"

17 采药

姜婆婆的发型很特别，到了二十世纪七十年代，还保持着民国发型，后脑勺梳着一个饼状的发髻，把脸四周的头发，绷得平滑光亮，当然也让她的脸，更显出时光铸就的慈祥。这慈祥只在她胃疼时才会消失。姜浩常见她胃疼时，胡乱从抽屉里抓出一把他叫不上名字的药，就着茶水，一股脑儿吞进肚里。有时刚吞完，见姜浩在身边，她又会露出慈祥的笑来："哎哟，这药喝下去就舒服多了，奶奶(指自己)命苦啊，这都是过去饿出来的病……"姜浩愣愣地看着她，不知道该怎么接话。看着奶奶渐渐舒展的眉头，姜浩对抽屉里的药，油然生出了一股敬意，觉得它的功力深不可测。

一个周日的清晨，当姜浩还赖在床上不肯起，从厨房传来了姜婆婆的大嗓门："浩浩，快起来，奶奶给你做了煎鸡蛋，奶奶还有事要让你去办呢!"煎鸡蛋立刻让姜浩有了起床的动力，平时这煎鸡蛋可是专属爷爷的，让爷爷有营养应付搬运工这种粗活。

姜婆婆把早饭朝姜浩面前一摆，又说开了：“浩浩，奶奶有件重要的事，想托你去办。奶奶想做一种药，可是还缺一样药材，你愿不愿意帮奶奶去采一些？”姜浩望着鼻子底下的煎鸡蛋，嗅着那股诱人的香味，马上点点头。他猜，奶奶抽屉里的药大概快没了吧。姜婆婆继续用眼睛凝视着他，告诉他，做药缺的药材是松果，需要到龙王山去采摘。姜浩听罢有点犯难，长这么大了，他还从没一个人上过龙王山呢。见他犹豫不决，姜婆婆又讲了一番话：“你爸比你还小的时候，就一个人上过龙王山，你都十岁了。要不是奶奶身体不好，奶奶早就自己上山了……”

“好吧，我上山去采！”不等奶奶把话说完，姜浩就表了态，他真的不想让奶奶失望。上山装松果用的背篓，姜婆婆早已悄悄备好，搁在了院子里。姜婆婆还安排他在山上吃午饭，给他备了馒头、榨菜和军用水壶。姜浩背着篓子出门时，姜婆婆露着满脸笑容，追着叮嘱道：“奶奶晚上等你回来吃饭，记着不要太晚下山！”

姜浩一走到街上，就有点不知所措，觉得路人都用诧异的目光盯着他。是啊，他一点也不像乡下孩子，却背着一只乡下孩子才会用的背篓。起初，他有点无地自容，走了不到半条街，精神就抖擞起来。一想到自己是去采药，做一件了不起的事，就忘了投在他脸上的那些目光。一来到镇中心的十字路口，他就看到了龙王山，它位于七一路的尽头，也许太阳还没升得足够高，它还半隐在一片雾气里。姜浩开始攀登龙王山时，心里生出了对这座山的惧怕。他站在谷底，注视着山林，发现松树稀稀拉拉长在这片山脉的山顶。除了鸟儿鸣啭，山上似乎没有一个人。他听七毛母亲讲过很多狼的故事。放眼望去，山上一片片随风攒动的树林里，谁知道有没有狼呢？更不知道有没有鬼？一路上，他的神经绷得很紧，任何风吹草动，都会让他停下来回头四顾。快到山顶时，他捡到了一根杯口粗的短树枝，就一直拎着用来防狼。

龙王山上的松树长得都不高，姜浩无须爬树就能摘到松果。待到中午他感到饿了，才发现松果还没装满背篓的一半。他发觉奶奶让他背背篓，倒是有先见之明，他摘到松果，只需朝颈后一扔，头都不用回，松果就稳稳落入背篓。要是挎着书包摘松果，无形中会多不少动作。他坐在岩石上吃着午饭，望着空空荡荡的山谷，一丝惧怕又涌上心头。他算了下时间，照着上午的进度，要采满一背篓松果，恐怕要采到天黑。他开始着急起来，感觉自己得和黑夜比赛，得抢在黑夜前头。就在他争分夺秒，追踪那些稀稀拉拉的松树时，他突然听见了说话声。他看见他们的一瞬，如同看见了救星。他们是一高一矮的两个男孩，矮的比姜浩小，高的比姜浩大。双方纹丝不动彼此凝视了一会，就放下了戒备，热络起来。高个子男孩问他为什么要采松果，他骄傲地回答奶奶身体不好，采松果是给奶奶做药。高个子男孩把脸扭过去，和矮个子男孩嘀咕了一阵，回头对姜浩说："我们帮你采一会吧，你一个人采怕是来不及了。"姜浩一向不知道怎样感谢别人，就说："好啊！正好也可以和你们说说话。"

两个男孩显然是农家子弟，他们采起松果来，动作老道麻利，只用了一小时，姜浩的背篓已装得满满当当。见时间还早，姜浩也起了想帮他们做点什么的念头："你们来山上采什么，我也可以帮你们采呀！""不用了，我们要采野菜，要去后山那边。”后山离他们站立的山头，足有一小时的山路，姜浩只得断了念头。

姜浩背着背篓走回镇中心时，已不在乎路人的目光了，还有什么比战胜了这么大的挑战，更让人值得骄傲的呢？姜婆婆欢迎姜浩归来的方式，也与往日不一样。她打了一盆热水，亲自给姜浩洗了脸，接着朝厨房努了努嘴：“厨房里有好吃的嘞！”“什么好吃的呀？”姜浩惊喜不已。原来厨房的小桌上，摆着一盘刚出锅的锅贴，金黄诱人。他多年没吃这种食物了，奶奶决意要犒劳他，说明他完成了一件十分重要的任务。

不知又过了多少天，姜浩几乎忘了这件事。一天，学校号召学生捐献废铜烂铁，他钻到床肚里翻找起来。他家的床肚早已成了储物的空间，塞满了各种东西。他的手摸索到了背篓，感觉它沉甸甸的，他小心翼翼地把它拖出来，发现背篓里原封不动地装着松果。这么说，奶奶并没有用松果做药？他不解地跑去问奶奶，奶奶说她过段时间就会用它做药。

半年后的一天，学校提前放学，姜浩兴颠颠地奔回家里，急着看叔叔给他寄来的几本《十万个为什么》。大概走得急，他到家时渴得厉害，就把身子探进厨房找水喝，一眼瞥见奶奶正背对着他烧灶做饭。她身边放着那只背篓，她用火钳夹着松果，正往火里扔。松果在灶火中发出噼里啪啦的大响声，大概有松油的缘故，灶火格外旺盛。姜浩愣了一下，立刻跑回自己的房间。他坐在床沿，把事情前前后后想了一遍，蓦地恍然大悟。原来奶奶并不是要用松果做药，奶奶是有意要锻炼他……

批注

我一向胆子小，小时很少上龙王山，从不知道，有人也用松果烧灶。我最勇敢的壮举，是去龙王山的七一水库，站在岸边看同学游泳。我站得很远，防备他们突然冲上来，把我拖进水里。有时，等他们等得实在无聊，就沿水库岸边往北走，去黄州奶牛场看奶牛。我家境遇比较好，是当时黄州少数订得起牛奶的家庭。那时的牛奶味道真好，没有一丝抗生素的味道。后来我受邀去德国，尝到第一口德国牛奶时，禁不住叫了起来：“就是这种味道，就是这种味道，我已经找了三十年……”我和瘦叟来到龙王山的那天，天蓝云白，我还像小时那样充满警觉：“会不会有竹叶青？会不会有狼？”瘦叟乐坏了，故意带着我走幽深的小径。这倒让我想起了山上树林的经典用途：小学春游和秋游时，男生会在林子里捉迷藏。我并不奇怪山上还有成片的松树，只是奇怪龙王山怎么这么小，完全不经走。当我们下到七一水库的大坝上，瘦叟指给我看原来奶牛场的位置。只见对面的山间台地，已是养老院的地盘，几栋有琉璃瓦的大楼，已把台地塞得满满的……

18　掺沙子

从县郊宝塔村来了一个女青年，刚过十八岁，派来黄州小学“掺沙子”。这是上级交给县教育局的政治任务，即从出身好的工人农民中，挑选有一点文化的人，进入小学当老师，借此改变清一色的知识分子教师队伍，谓之“掺沙子”。

来的女青年，姓宋，总是斜挎着一个军用挎包来上课，包里铁定会放一本简版的新华字典，里面会夹一张人定胜天的照片，那是她挑着一百多斤的泥土担子，参加学大寨劳动时拍摄的。照片上，她顶天立地，那一百多斤的泥土担子，倒显得渺小，怪可怜的。字虽然写得不好看，她还是在照片空白处，写下“人定胜天”四个字，字歪扭得像在打架。她不仅每天挎着它，还不时上课举着它，向学生们展示。是啊，展示那样的大无畏气概，对她不算事，对学校的知识分子教师，可就难啦。她还有一个举动，颇能显示气概，就是一路唱着歌去教室，歌曲有长有短，不是《我爱北京天安门》，就是《北京有个金太阳》，或《我们走在大路上》等等。当她边走边唱，周围的人都安安静静，看着她故意高抬脚、甩膀子走路。她长得有点好看，但她一说话，一走路，一唱歌，就没人觉得她好看了。

教务组组长对人一向很和气，为了不叫她太费劲，没有安排她教课，倒把一个最听话的班交给她，让她当班主任。那时，每周三下午是政治学习时间，也是班主任可以发号施令的时间。她第一次发号施令的那天，西风刮得跟哭似的，她一路戗着西风唱歌，甩着膀子走进了教室。这个班的学生最听话，早已眼明手快，齐刷刷地正襟危坐。她先绕讲台半圈，找到了教鞭。所谓的教鞭，只是一根杉木细棍，供教师对着黑板指指点点。大概想给学生来个下马威，她操起教鞭，对着讲台狠劲一拍，只听见啪的一声，半根教鞭从讲台弹起，飞到了第一排学生的课桌上。她举着剩下的半根教鞭，别说有多尴尬了。台下不愧都是听话的学生，没有哄堂大笑，只是他们憋住笑的样子，有点难看。有的孩子笑得身子簌簌直抖，却硬是没让声音从嘴里漏出来。

一招不灵，就换另一招：靠说话来建立威信。她说臭老九(指知识分子)，总是一团和气，各做各的事，井水不犯河水，这不符合斗争哲学，她来这里，就是要打破这一团和气。她说到做到，连点名也不放过，硬把点名和斗争联系起来。刚开始，点名还算斯文，点着点着，就有了“新发现”：

“毛芳同学是敬爱的毛主席的后代，林赛君同学是林副主席的后代，我们要多跟她们一起玩，一起学习！”

她故意顿了一顿，见台下学生都诧异地张大嘴巴，她又把目光投向一个乖巧的学生：

“董岚是地主家的后代，大家要与她划清界限，不要跟她玩！”

董岚原本低着头抠指甲，她在小指上贴了发亮的彩纸，充当传说中的指甲油，那天见宋老师上来就发飙，她赶紧抠掉彩纸，免得被老师揪小辫子。宋老师见台下全是张大的嘴巴，惊诧不已的眼睛，索性又重复说了一遍：

“董岚是地主家的后代，大家要与她划清界限，不要跟她玩！”

董岚抬起头，她这时的表情完全变了样，刚才还有些疑惑，这时脸上已挂着两行泪。教室不再安安静静了，不少人把手举到嘴边，跟邻桌交头接耳。见有效果，宋老师更得意了，开始告诫大家："老子革命儿好汉，老子反动儿混蛋……"她的话对成分不好的学生，产生了威慑力，他们齐刷刷都涨红了脸，低下头，恨不能把头钻进桌肚里。到了课间休息时间，成分好的男生，真的是有点横着膀子走路了。成分差的学生，变得灰溜溜的，甚至都不愿靠近人多的地方。放学时，宋老师照例是唱着歌走路，大概因为"首战告捷"，她满面春风。

董岚回到家，没有把这事告诉家人，她跟母亲的关系向来不好，只能自己一人受着。她上学和放学，再也没同学陪她了，课间只能一人坐着发呆。一学期还没过完，她就得了抑郁症，不得不弃学，回家休息一阵子。姜浩的班主任朱老师，不知从哪儿听说了此事，不愿眼睁睁让宋老师这么折磨学生。一天，他远远听见那霸气的歌声，就气鼓鼓地迎了上去。宋老师唱歌跟练武似的，是用花拳绣腿来吓唬不服她的人。他选好一个路口，堵住她，也放话来吓唬对方：

"你在公开场合说毛芳是毛主席的后代，林赛君是林副主席的后代，这可是要负政治责任的，他们明明是普通老百姓的孩子，你这话要是传到上面，你吃不了可要兜着走……”

宋老师唱歌的气势一下被镇住了，她愣着脸，琢磨着他的话。大概从来没朝这方面想过，原本瞪着的双眼，突然涌出了泪珠。一滴一滴的泪，充满了委屈。“我可不是故意造谣呀，我是为了提高学生的政治觉悟才这么说的……”朱老师不依不饶，故意大声喊道：“公安才不会考虑你的动机，他们只会考虑你造谣的事实，再说动机在你肚子里，谁说得清啊。”大概突然觉得事情严重起来，她猛地涨红了脸。她从来没怀疑过自己的赤诚和所作所为，没想到，她用赤诚给自己挖了一个坑。

“这样吧，只要你不再挑拨学生之间的关系，我也不会去告状。怎么样？”

她原本站得有点远，这时心里蓦地一暖，情不自禁地靠拢过去，拉住了他的手说：“朱老师，谢谢你！我一定改正！我一定改正！”

打那以后，她走路唱出的歌声，没有了过去的霸气，变成了一团斯文的哼哼声。但不久，董岚父母得知了女儿生病的真相，一怒之下，去校长办公室和县教育局告了状。到了第二学期，教育局派来了接替她的新老师。此人姓乔，一样是农民子弟，但进过一个教师培训班。乔老师一到董岚他们班上，学生们就喜欢得不得了，她很会讲故事，她有一肚子充满乡村野趣的故事，总能点醒有点麻木的学生。她常说：大家彼此同学一场，是修来的缘分，不可不讲同学情谊……

见到乔老师这样来“掺沙子”，其他老师感觉相见恨晚，一致推她当了校办主任。“掺沙子”的人接替上了，宋老师就得回乡下。一个周三的下午，乔老师在董岚他们班上，给宋老师开了欢送会。董岚事先得到了消息，那天故意闷在家里，没有来上学。宋老师走的那天，再也没有来时的霸悍之气。她背着行李，由乔老师和朱老师送到校门口。一路上，乔老师很慷慨，说了不少赞美她的话，但朱老师沉默不语。到了校门外，朱老师突然指着自己的心脏说，我发誓，不是我告你的！宋老师转过身来，并没有怪他的意思，只是伤感地说，我知道！我知道！唉，千怪万怪，只怪我自己管不住嘴，老是乱说话，可能我太想留在城里了……

批注

乔老师已是黄州教育局的副局长，我和瘦叟也不知为何去找她，大概就想把姜浩写的人都见一见吧。她长着大盘脸，身子微微发福，脸上始终盈着笑，加上穿着得体，给人雍容大方的良好印象。问明来意，她主动打开了话匣子："那个年代做教育难啊，既要把孩子教好，走正路，又要配合各种政治运动，两个指挥棒经常打架呀……""现在做教育难吗?"我突然发问道。她不愧做了多年领导，先警觉地瞥了我一眼，马上恢复了常态："不一样啊，各有各的难！世上哪有不难的事呢？没有挑战，就没有未来，对不对？……"她一旦把话题升到哲学高度，我就只能附和着点点头。不过，我们即将告辞时，她突然起身把柜子拉开，翻出了一张当年的照片。上面是小学教师们的合照，说是宋老师回乡务农前拍的。乔局长把每个老师都介绍了一遍，说来奇怪，她温和的说话声，却时时让我想着宋老师的命运。"我知道宋老师后来得了癌症，您知道更具体的情况吗?""知道一点点。她丈夫自杀后，她一直闭门不出，成天画画，也不工作，画得人都抑郁了，我敢肯定，一定是抑郁导致她得了癌症……”我和瘦叟走出教育局大楼时，脚步异常沉重。瘦叟感慨道：“世事难料啊！”“不！是时代对她不公，她其实很单纯，单纯的人很容易响应各种号召，也容易在爱情中走不出来……”

19　宋老师秘史

宋老师原本就长相不错，她一回乡务农，在别无陈设的庄稼地出现，就让人觉得她的长相、身材，不是一个花架子，大有赛过一切自然造物的婀娜多姿。那时，一切台面上的事都太正板，尤其一涉及性，大家唯恐避之不及。可是性又像吃饭，是大家牺牲不得的。所以，那些集体下地干活的男男女女，一到田头，就心领神会，利用劳动间隙，玩起了当时流行的田头游戏——扒异性的裤子。被扒的对象，一般是男人或女人中的刺头，或领头羊，或教唆者。一旦一群女人，突然扒了一个男人的裤子，或一群男人，突然扒了一个女人的裤子，这游戏就算开了头，接下来，男女两个群体就会“冤冤相报”，以至没有结束之日。这种游戏当然也有底线，只要被扒者暴露了私处，大家就一哄而散，不再有进一步的动作。这种游戏可比村队长敲响的劳动钟声管用，大大提高了大家下地干活的积极性。

宋老师毕竟去学校待过，做老师的心已枯死，但做文化人的心还活着，她觉得那些在田头相互扒裤子的男男女女，庸俗不堪，没有丝毫尊严。哪怕成天目睹那些田头游戏，她还是“出污泥而不染”，只是冷眼旁观，概不参与。一到田头，她就恋起在学校当老师的旧日子，后悔自己真不懂文化，越不懂，就越膜拜文化，朝思暮想。当过老师就知道，文化是一个太大的园子，自己做个修修剪剪的园丁，还远远不够格。

那年也算她有运气，黄州群众文化馆受县委委托，打算办一期青年油画班，指定要培养农村的文化青年，好让他们手巧以后，能配合形势需要，用油画描绘农村的丰收景象。村里倒也有三个省城来的知青，算是宋老师的竞争对手，但人家是见过省城大世面的，对黄州培训班的小世面、小格局、小老师，根本提不起兴趣，这“运气”就自然落到宋老师头上。

青年油画班是全脱产的，县委给全体学员提供一年的吃住费用。宋老师始终不忘自己当老师的“血泪”教训，竭力不让自己的言行过头，样样事都低调，再低调。她的同室，是一个叫方虹霓的女知青，属于正宗的黄州人。春天开班的前一天，她俩都把头发、衣服弄得款款大方，剪了短发，穿了当时流行的军上装、蓝裤子。方虹霓那晚还捎来了小道消息，透露教油画的老师姓田，名俊男，四十多岁还是单身，据说从前是大学老师，因作风问题，被下放到黄州群众文化馆。方虹霓末了还补上一句："什么作风问题，就是太浪漫，结了婚又爱上别人，被老婆告到了学校。"接着，她压低嗓音："他长得很英俊，我已经有男友了，也鬼使神差，竟会心动呢。"宋老师诧异地问道："你见过他？""嗯，我中学时上过他开的素描班。"方虹霓说话时，目光始终不离宋老师的眼睛，似乎还想把一个念想，留在宋老师的脑海里，"你还是单身吧？小心别爱上了他，据我所知，他不会找我们县里的人，他是大城市的人。"

开班那天，田老师的装束倒有点随意，甚至寒碜，蓝衣蓝裤已经洗得发白，只有头顶的寸发，像一根根立着的火柴棒，显得很威武，但也过早的花白了。他走进画室，轻轻扶了扶近视眼镜，这让方虹霓又有了话题。她把头伸向宋老师,用剪齐的短发挡住自己的脸,急切地说,田老师戴的眼镜,真的是玳瑁眼镜,我一眼就能看出真假。“玳瑁?”宋老师扭头望着方虹霓,一脸茫然。方虹霓一摆手:“算了,晚上再跟你讲!”

到了晚上,宋老师的神情还有些茫然,造成茫然的原因,不是田老师的玳瑁眼镜,而是田老师的气度和俊朗。因为无法排遣,晚饭后,她一直坐在床沿。田老师课上讲了什么,她竟忘得一干二净。窗外刮着三四级的风,令屋子有了零零落落的声音,“这很像田老师的声音。”她想。是啊,她虽然听不懂满屋子的声音,可这声音却让人很舒服。她不愿方虹霓来打搅她,只想独自陷落在无边的茫然里。可是,方虹霓哪会让她这样闲着,一定要让她知道,她,方虹霓,作为黄州人,知道的事情该有多多。方虹霓讲起了田老师的玳瑁眼镜,说它的成色很旧,至少是清代的物品,明代也说不定呢,可以肯定是田老师继承的传家宝,还可以肯定田老师来自书香之家。因为满意自己的分析,她脸上浮起了得意的笑容。大概第一次听说,镜框是用海龟龟壳做的,宋老师从自己的思绪中惊醒了过来:“嗯,等以后有条件了,我也要戴一副玳瑁眼镜。”方虹霓有点嘲弄地看着她：“你疯了？你眼睛不好好的吗？”“不管眼睛好不好，我都要戴一副玳瑁眼镜。”她嘴上坚定的声音，其实配合着一种特殊心理：只有戴眼镜的人，才真正有文化。

宋老师是第一次见识石膏像，画得笨手笨脚，不像方虹霓早已画腻了，方虹霓在班上几乎懒得多画，只想显示自己早已掌握了。田老师无论对谁都面带微笑。笑着面对方虹霓的东张西望、无心素描，笑着面对宋老师的稚拙画稿。但他知道，宋老师终有一天会超过方虹霓。因为她画得疯狂，别人课余画一张，她画十张，别人刚完成，就心满意足拿给老师看，她从不满意自己的习作。有天晚上，田老师来办公室打电话，却发现画室的灯还亮着，他怀着好奇，蹑手蹑脚来到门口，发现还是那个疯狂的宋老师。只见桌上搁着一只鸡蛋，她正对着鸡蛋画素描，桌上已堆满画着鸡蛋的稿纸。这些“鸡蛋”并不是要交的作业，是宋老师给自己加码的练习。田老师愣在门口，半晌才笑着开口道：“你好用功啊！”听见是田老师的声音，宋老师一下扑到桌上，挡着满桌子的“鸡蛋”。“你不用挡了，我早看见了，画得不错！”宋老师的样子有点吓人，她瞪大眼睛，不相信地看着田老师："真的?"田老师不再说笑，索性拿起一张素描纸，也画开了鸡蛋。画毕，把它跟宋老师画的靠在一起。"真像啊!"宋老师看了又看，简直爱不释手。

打那以后，田老师课上匆忙指导一圈，末了都会停在宋老师的画架前，大家都心知肚明，田老师开始偏心了。方虹霓不甘落后，装订了整整一册素描，把它交给田老师。没想到田老师有些视而不见，只说她画得很漂亮，技巧很好。岂有此理! 宋老师画得比她烂，却被田老师那么当回事，莫非田老师是看脸识画? 她开始留心眼，要弄清楚，若论模样，她和宋老师究竟谁更好看。她心里的架子大着呢，上中学时，男生们都暗地叫她女皇，只要跟她说话，样子就不自在，声音甚至会颤抖。方虹霓做了一件坏事，她邀宋老师来她家洗澡。那时，澡堂子是镇上显赫的建筑，尤其锅炉房的高大烟囱，会成为那一片的标志。人们冬天洗澡，一般会首选澡堂子，若是春秋天，不少人就选择在家用木盆将就，省下洗澡钱。大概买绘画材料花费不小，宋老师乐得省下洗澡钱。方虹霓家里不仅通自来水，居然还有老式大木桶，只因她父亲是县委领导之一。趁着父母不在家，方虹霓叫来了宋老师。她把一切安排得井井有条：叫男友在隔壁屋里偷窥，自己陪宋老师在木桶里款款沐浴。浴毕，送走了宋老师，方虹霓像提审犯人一样，开始逼迫男友说"实话"："从长相到身材，我和宋老师到底谁更好看？"男友还沉浸在刚才偷窥的兴奋中，双目炯炯有神，支吾半天才说："你更好看，身材苗条，又是鹅蛋型的脸，像林黛玉。她比你胖，虽然胸大腰细，但太结实，像阿尔巴尼亚人。"那时国内能放映的外国电影，主要来自阿尔巴尼亚，有人觉得他们轮廓分明，样子好看，有人又不以为然。"像阿尔巴尼亚人？"方虹霓警觉起来，"你这不是在变相夸她吧？""不是不是！绝对不是！"男友知道她的脾气，索性咒起了自己，"我发誓，如果她比你好看，我就遭天打雷劈！"

男友的誓言，并没有让方虹霓彻底安心，她一有机会就敲打宋老师："你可别走火入魔爱上田老师啊，他不会娶小地方的人，到时被他甩了，你可要后悔一辈子！"每次宋老师都像受了委屈："你说什么呀？我根本就没往这方面想，他比我大那么多，怎么可能呢？"

一天，田老师没来上课，他托人转告学生，让大家自己外出写生。方虹霓照例消息灵通，悄悄告诉宋老师，田老师生病了。至于生的什么病，就算她问七问八，还是没问出什么名堂。晚上，她买了一袋梨子，独自去探望田老师。田老师家的门，根本就没有扣上，她推门进去，只见田老师半倚床头，神情凝重。她蓦地有不好的感觉，因为田老师一向方寸不乱，样子轻松。见了学生，田老师的礼貌，始终一样不缺——脸上浮起微笑，客客气气请她找椅子坐下，当他还想挣扎起身为她倒水，宋老师上前一把按住了他。她环顾四周，一刹那就找到了女主人的感觉。她迅速找到搪瓷杯和暖水瓶，倒了一杯白开水。她拎起那袋梨子，到邻居们合用的院子里，把梨子一一洗净。说来也怪，在田老师家找东西，她颇有天赋，不用田老师吱声，就找到了水果刀，削出一只白淋淋的梨子，递到田老师手上。田老师的神情不再凝重，看着她自家人一样忙东忙西，眼里流露出欣赏之色。

她问田老师生的什么病，他并不正面回答，只瓮声瓮气说，这病有点特别。宋老师听得出话里的掩饰，索性任着自己的倔劲摊牌："田老师，你还是告诉我真相吧，不然我今天就不走!”田老师知道没法“瞒天过海”,只好道出真相:“这病很特别,千万不要告诉别人!”他说,前段时间他总是摔跤,接着发现握筷子也有点困难,他就去找满镇人都相信的吕医生。吕医生问得极仔细,反反复复问了一个小时,就是不下结论,总让他再等会。硬是挨到下班时间,诊室里没有别人,吕医生才告诉他实情:他患上了罕见的渐冻人症,属于肢体起病型,首先四肢肌肉会慢慢萎缩,接着扩展到躯体肌肉,最后呼吸也会衰竭……

宋老师的眼泪一下涌了出来,她情不自禁抓住田老师的手,不甘地说,西医不是万能的吗?一定有办法的!“傻丫头,哪有万能的医学?吕医生说这病全世界都治不了,我相信吕医生!”听到这话,宋老师突然不哭了,慢慢昂起湿红的脸:“那好吧,能不能告诉我,还剩多少时间?”田老师一直看着她,等她安静了才说:“快则几年,最多十年。”宋老师瞥了一眼屋里的书桌,找来一张信纸,嚓嚓嚓写了几行字,涨红着脸递给他,同时使性子要他念出声来:“田老师:我已经想好了,我要嫁给你,不是出于同情,绝对不是!上课不久,我就爱上了你。现在,你正需要有个人来照顾你,希望你不要嫌弃我!”

“不行！我不会接受的!”

“为什么？你嫌弃我?”

“不嫌弃,甚至喜欢你,但我不能害人！我如果接受,会毁了你一辈子!”

宋老师一着急,嗓门变大了:“你不接受才害人呢！那才会毁了我一辈子!”

田老师很气她有点愚钝:“你也不想想,难道你年纪轻轻就想守寡吗?”

她笃笃定定看着田老师,仿佛他所有的反驳,再也无法撼动她的想法:“值得！哪怕和你过一年也值得!”

那晚,两人并没有争论出立竿见影的结果,但田老师总要买菜洗衣吃饭啊,他只好万虑俱消,暂时接受宋老师来照顾自己。油画班一共有二十个学员,现在分成甲乙两组,一组一组来田老师家上课。甲组的基础比较好,由基础最好的方虹霓当组长。乙组基础比较差,由最用功的宋老师当组长。当了甲组组长,方虹霓架子更大了,除了宋老师,她不太爱搭理乙组的人,嫌他们笨。就连宋老师,也难免被她列入笨人的行列。比如，宋老师帮起人来总是过于彻底，气得她愤愤不平。田老师渐渐不能走路，学员们虽然大为惊异，但伸出援手也只限于一天两天，没人会像宋老师那样掏心掏肺，成了全天候的保姆。方虹霓很生气："你到底图他什么呀？"宋老师却唯恐自己想得还不周到。到了秋天，油画班还没结束，有一天，每个学员突然收到了宋老师发的喜糖——红纸袋里装着几颗大白兔奶糖。真甜哪！学员们嚼着奶糖，才意识到奶糖背后的传奇：田老师与宋老师结婚了！有人因此嚼得更香，有人则替宋老师惋惜。方虹霓起先并不表态，待教室只剩下她和宋老师，方虹霓差点淌了泪，她说："你这不是在摧残自己吗？我知道田老师得了什么病，早知如此，我该早告诉你。"宋老师却笑脸相迎："我早就知道啊！""那你究竟图什么？"为了消除方虹霓心中的不平，宋老师和她开起了玩笑，"我嘛，"她调皮地看着方虹霓说，"就图他的玳瑁眼镜！"

小镇开始传诵着这则传奇，渐冻人症非但没有成为这桩婚姻的伤口，反倒令这则传奇闪闪发光。唯有田老师自己清楚，新婚妻子在做出怎样的牺牲。田老师爱干净，就算每天坐在床头，也要像出门一样，把寸发梳得笔挺，身着出门的衣装，虽然不需要穿鞋，也绝不允许自己光着脚丫，他奉行“生活无小事”的原则。宋老师因此照顾得更体贴细致，她的手脚早已是田老师的手脚，从起夜到刷牙，从洗澡到穿衣，从吃饭到按摩，样样事得靠她。好在田老师并不魁梧，她也足够结实，能把田老师抱到院子里晒太阳。有时，她觉得田老师就是她手中的孩子，长得“高大”的孩子，抱着他时，那做母亲的感觉若隐若现。

吕医生是镇上唯一不关心这则传奇，只关心病症发展的人。这种罕见的病例，他一生只见过两例。第一例是四七年的事，他跟着一个美国医生实习，在南京鼓楼医院见识过。他们和患病的姑娘天天见面，就是无计可施。他离开南京时，那姑娘差不多已瘫痪卧床了。吕医生借着祝贺新婚，来探访田老师。他斜挎的医疗箱里，装着测量肌肉用的软尺、小锤、铜棒等。他测得很仔细，把各部位肌肉的大小、弹性等，一一记录在案。检查完毕，田老师累得想睡觉，宋老师已经安排好晚饭，但吕医生坚持要走：“我没有在外吃饭的习惯，因为家里有老母亲要照顾。”宋老师知道留不住，就送吕医生到门外。她原本笔挺的背，因操劳，微微有点驼了。吕医生就等着她把脚跨到巷道上，见左右没人，轻声轻气地问她：“田老师能过夫妻生活吗？”这个问题连宋老师自己都不敢面对，她立刻涨红着脸，不知所措。吕医生连忙解释：“作为医生，我要知道真实情况，才能判断病情发展速度。”宋老师只好垂着眼皮，如实回答：“我们只试过一次。”“时间有多长？”宋老师几乎勾着头回答：“一分多钟。”吕医生不再往下问。他打开医疗箱，取出报纸裹的一团东西，塞到她手上，叮嘱道：“这是麝香，取十克，泡两斤白酒，装药罐里用文火煮，有颜色了就关火。每天让田老师饮两小杯，兴许对夫妻生活有用。”

宋老师不露声色，遵嘱熬好了麝香酒，对田老师说，这是吕医生推荐的古法，不妨试一试。田老师从来没有喝过这么香的药酒，喝了不到一周，真的能行房事了。当然，他依旧只能躺着，得由宋老师采取主动。神奇的药效，一度让两人对未来产生了憧憬。可是不到一个月，再精心熬制的麝香酒，也像白开水一样失了效力。怎么办？宋老师已不觉得为此事去找吕医生是可笑。吕医生认真听着，始终不插话，直到听说他们有一个多月无所作为，吕医生才失声叫道："哎，那也是没有办法的办法，等于饮鸩止渴啊。"宋老师告辞的时候，已经明白，她和丈夫今后不会再有夫妻生活了。她把剩余的麝香还给了吕医生，不再熬制麝香酒。

田老师第一次跟她红了脸。他心里其实忙忙碌碌，总想减轻负罪感，他并不在乎药效，服药能让他心理上好受一点——证明他没有放弃努力。大概自责的压力过大，他那天失声骂了宋老师，甚至把他们的婚姻，说成是一场错误。宋老师婚后很少去江边，为了田老师的安全，他们已经不吃鱼。宋老师一时气不过，奔向江边，打算一头扎进江里。没想到刚攀上长堤，就撞见了方虹霓。方虹霓先是一愣，接着上上下下打量她，半晌才说话："你怎么变成这样了？""我怎么了？"宋老师扫了一眼自己的身子，没觉得有什么不妥。"你看看你，背都驼了，年纪轻轻眼角都有鱼尾纹了，头发和衣服也邋里邋遢的。"宋老师怕伤和气，没有吭声。方虹霓又抢白她，"你呀，要是不为自己着想，阎王爷怕是会提前来找你！"方虹霓的气话，倒是让宋老师收了扎进江里的心，她突然替田老师担心起来，怕自己比他走得早。她不再听方虹霓的责怪，慌了神一般往家里跑。

等她推开家门，只见田老师满面泪水，正眼巴巴望着家门。她从未称丈夫为“亲爱的”，但那一刻，她竟叫得那么自然、亲切。她把丈夫的后悔、认错、想念、爱情，一股脑儿揽进她结实的怀里。那晚，丈夫也当面叫了她“亲爱的”。两人甚至尝试过夫妻生活，尽管失败了，但丝毫没有影响心情。他们和好如初，不，甚至感觉爱情的庄稼长得更高了。

转眼间，冬天随着层层叠叠的落叶，从门窗缝隙呼呼地窜进千家万户。田老师已无力半倚床头，每天只能像一个“大”字平躺着，成为宋老师面前能呼吸的“活书法”。一天，宋老师刚给他喂完早饭，他就急不可耐地给她布置起任务。原来那天黄州举办游行活动，邻居们一早就上街去抢占观看的有利位置。田老师也嘱她上街观看，说想听她回来讲述游行盛况。他还列了一个书名，让她去镇图书馆查找。宋老师真目不转睛看了一小时，觉得能说出点名堂了，才来到图书馆，又折腾一小时，却没有查到那本书。她瞥了一眼当时很时髦的上海牌手表，那是丈夫给她的定情信物，突然有种不祥的预感。她从未把丈夫扔在家里超过一小时，但游行那天，她竟在外面折腾了两小时。等她匆匆推门，探进鸦雀无声的院子，打算到丈夫跟前再叫一声“亲爱的”，院子里的景象却令她窒息。

只见丈夫头朝下，把上半身埋进了公用水池里，水还在哗哗不停地从水池里满溢出来。宋老师一把捞出丈夫时，他的唇已经紫黑，身体透凉，早已断了气。她哭的力气也够大，号哭的声音竟传到了街上。酸楚不停在她心里涌动，化成眼泪哭出来，哭得她身子孱弱，“咚”一声倒地，昏死过去。醒来，她已经在医院急诊室，吕医生坐在床边，竭力用身子挡住一个血流满面的伤者。吕医生叮嘱她住院休息几天，田老师的丧事就交给他操办。吕医生的话又点醒了宋老师，不，这种事她必须自己办！

当晚回到家时，她心里又痛得不行。她来来去去，从床头走到水池，睁大眼睛打量这短短的路程，知道地上的每一厘米，对丈夫都是长征。她粗略估计，这屋里屋外的五六米，靠着从萎缩的肌肉拼死挤出的一丝丝力气，他至少得爬行一个小时。丈夫如何下床，爬行，打开水龙头，堵住下水管,用水活活闷死自己,实在是常识无法告诉她的奥秘。只有那震撼人心的寻死决心,能让已经举不起来的手,再次藤蔓一般攀援,能让无缚鸡之力的手,抓起抹布,塞住水池的下水管。只有那铁一般的意志,才能牵引着已经“僵死”的身躯,前行赴死。她不知道丈夫把头埋进水里,需要几次才能“杀死”自己。至少对她来说,一次是远远不够的,本能的求生欲望,会令她的头不由自主地昂起来。她来来回回,一遍一遍想象他赴死的全过程,想象路上遭遇的困局,他精疲力竭的绝望,她越想越心痛,越后悔,后悔自己粗心大意,事先竟毫无觉察。想累了,就定定地看着他的照片,看着看着,蓦地从照片里看出了些许安慰。是啊,他那震撼人心的寻死决心里,独独不缺对她的爱——他不愿成为她越来越重的负担。

邻居们见了她,总带点不自在的吃惊神情:“他是自杀的吧?!”似乎责怪田老师不该那样做。出殡不久,宋老师竟收到一沓熟人来信,其中一封,是方虹霓写的。方虹霓显然怒气冲天,在信中咄咄逼人地质问:“田老师作为教育工作者,怎么能带头自杀?这是自绝于人民哪,会造成多坏的影响啊？他走到自杀这一步，你难道没有责任？……”其他信件如出一辙，有的写道：“我不能想象，我家会有人想自杀，自杀是多可耻的事啊，那会让活着的亲人丢脸……”明摆着，没有一个写信的人同情自杀者，或自杀者的家属，只有大义凛然的指责，觉得自杀毁了田老师的教师英名。

宋老师选择一个夜晚，蹲在院子里，一张一张烧了那些信。打那以后，她几乎闭门不出，埋头作画。没人知道，她去街上的眼镜摊，把田老师的玳瑁镜框，装上了平光镜。作画时，她始终戴着这副玳瑁平光镜，仿佛是把两人的目光合在一起，继续注视她创造的艺术世界。当然，她不得已外出买菜前，会把玳瑁眼镜小心翼翼地收进盒子里，她不会让别人看见她戴着玳瑁眼镜。只有她知道，那是她每天因怀念必做的功课和仪式。

渐渐地，小镇上的人，已记不清她原来的模样了，她由姑娘变成了妇人。她死的时候，满脸憔悴，唯有眼睛还像过去一样明亮，闪着纯洁之光。吕医生是她死亡的鉴定医师，鉴定书上写着她的死因：癌症引发的心脏猝死……

批注

瘦叟打听到了田老师和宋老师的合葬处。那是一块不太合法的村集体用地，大概因为有利可图，村子把它经营成了一处收费墓园。田老师和宋老师下葬时，墓园尚未修建，他们的墓穴自然就是免费的。他俩的墓碑很新，显然是后来加上去的。说来也巧，我和瘦叟在墓园徜徉的那天，居然碰到了年迈的吕医生。瘦叟一眼就认出了他，说小时候没少找他看过病。那天既不是清明，也不是鬼节，吕医生为何会来墓园？这引起了我和瘦叟的好奇。我们一声不响来到吕医生身后，待他烧完香，才开口搭腔。一提起墓中的人，吕医生就来了精神："你们也对他们感兴趣啊？唉，他们早被黄州人遗忘了，他们的爱情真了不起啊！"和他洋洋洒洒聊到宋老师的死，他才神情一变，说他心里一直藏着一个秘密，始终没有合适的机会说出，现在碰到对他们有兴趣的作家，是说出的时候了。"我可以负责任地告诉你们，宋老师不是死于癌症引发的猝死，那份死亡鉴定书虽然是我写的，但写的不是事实。"大概往事令他心酸，他侧过脸去，忍了忍眼里转动的泪珠,“是自杀,她死于自杀!但我当时不能那么写,你们懂吗?”“懂,懂!”我话音刚落,瘦叟又补充道:“因为那个年代,人们对自杀的态度并不宽容。”不知是不是我们的话给了他些许安慰,他终于破涕而笑。“好在我那时权力还算大,还能帮她瞒天过海。你们知道我今天为什么来给他们烧香吗?”没等我和瘦叟吱声,他继续说,“今天既是田老师自杀的日子,也是宋老师自杀的日子。这下懂了吧?!你们看,他们的爱情该有多伟大!”他说话的余音在墓碑间穿行时,我突然有些感动,鼻子酸得想流泪,觉得田老师的做法,宋老师的做法,包括吕医生的做法都颇有诗意,诗意不就是让人摆脱现实困境的一种力量吗?我不由得上前一步,紧紧握住他的手说:“虽然我跟宋老师无亲无故,但我还是想代她说一句话:吕医生,谢谢您!真的谢谢您!”

20　焦老头

焦老头负责打扫地委门前的七一路。那条直通地委大门的马路，因附近没有太多民房，平时空空荡荡。地委有段时间忙个不停，把对地委有安全隐患的民房，全拆了，没有拆的，只剩与马路一墙之隔的军分区大院。

拆完，地委门口出现了一片水泥广场。焦老头每天扫地，可以从七一路一头，远远看到另一头。与地委相对的另一头，横着一条热闹的街道。没事闲逛的孩子，到了十字路口，都喜欢比试眼力，会指着地委背后的龙王山，比试谁看得更清楚。地委在龙王山山坡上，架了一根国旗旗杆，附近的家鸽常会飞到旗杆的水泥台上。孩子们就在十字街口比试，看谁能数得清水泥台上有几只鸽子……

有一天，焦老头照常去扫七一路，却看不见七一路的另一头。原来一向冷清的七一路，一夜间冒出了街垒。街垒原本是法国的玩意儿，是巴黎民众与政府军对抗的法宝，不知被哪个聪明的黄州人，搬到了那条马路上。这道陡起的街垒，乍看也是对抗地委，街垒上架着十来支五六式步枪，枪口一律对着地委大门。但此地委，已非彼地委。此地委的楼上和院墙上，同样布满了枪手，枪支也是五六式，只是他们都是机械厂的工人。两天前，机械厂的造反派，先抢了军分区的部分枪支弹药，再夺了地委的权，成立了黄州革委会。由于造纸厂与机械厂早就结下梁子，造纸厂的造反派立刻如法炮制，先抢了军分区的部分枪支弹药，再利用夜色，一举包围了地委大院，发誓要夺下地委，把黄革委赶出黄州。

搭街垒不算太费事，造纸厂的工人把桌椅板凳、木跳板、红砖、沙包，甚至水泥预制板，统统横堆在七一路上，看起来真有街垒的模样。只是枪一响，他们才意识到，街垒这玩意儿要对付的，可不是十九世纪巴黎政府军的夏赛波步枪，他们面对的是五六式步枪和五六式轻机枪。五六式枪弹可要比夏塞波枪弹威力大得多，能射穿四十厘米的木板，或十五厘米的钢板，不说能把街垒打得像筛子，至少躲在街垒后面，还是难保性命。幸亏双方的弹药都是抢来的，不算多，轻机枪哒哒哒来几个点射，枪声就会停上好半天，因为枪手心里明白，鼓形弹盒里的几十发子弹，只够打十来次点射。那些端着步枪的人，心里更明白，步枪里的十发弹仓，十有八九都没能装满。

率先领唱的，是造纸厂的轻机枪，双方点射完，枪声就不那么吵人了，只剩下步枪东一下西一下的枪响。第一个回合的对射结束，街垒后面就有三个人受伤。造纸厂的头头，紧绷着脸，下令撤回了街垒后面的所有人，全部移到军分区的院墙后面。他们临时在墙上开了枪眼，又与盘踞在地委的造反派对射了三四个回合。枪弹射不透厚厚的院墙，他们总算没有吃亏。双方的头头都不让自己人冒死冲过地委门口的水泥广场，只用零星的枪声吓唬对方。这样的“战斗”，在战争术语里叫作“僵持”。双方僵持了一个上午，焦老头实在看不下去了。

早晨枪声一响，焦老头就躲进了军分区的大院里，他很清楚五六式枪弹的威力。他坐在一间红瓦盖顶的披屋前，一直闷声抽烟。快到晌午时，几个背枪的青年工人骂骂咧咧，打他身边经过，他忍不住起身发话了："你们这打的是什么窝囊仗呀？一个上午什么进展也没有，要是老子来指挥，早就把地委拿下了！"几个青年工人立刻把他围住，警告他不要胡言乱语。焦老头很和善地笑笑说："指挥这种小仗，对我真不是事，不信带我去指挥部，我来告诉你们应该怎么打？"几个青年工人将信将疑，把焦老头带到了指挥部。

名义上到了指挥部，但焦老头发现，这里的头头也没主见，一帮人为如何结束眼前的僵持，争来吵去，让头头更没主张了。焦老头很冷静，只问了一句话，就让大家掉过脸来，对他充满了期待。焦老头问："你们懂不懂打头、击背、剖腹、切尾的军事战术？"这冷不丁撒进指挥部的几个军事术语，让那片热气腾腾的争吵，骤然冷了下来。大家都把身子往前倾，静候着他的高论。焦老头见有效果，就和盘托出了他的建议："你们人多呀，这是老天爷给你们的军事优势，莫让所有人都做同样的事，要把他们分成几组，有的佯攻，有的强攻，有的从侧面和背后穿插，完成击背、剖腹和切尾。地委大院看似戒备森严，其实他娘的防守弱点多着呢。比方说，大院背后的龙王山和大院的两侧，就有很多难守的

焦老头问："你们懂不懂打头、击背、剖腹、切尾的军事战术？"

点。先让各个小组悄悄进入进攻阵地，然后一声令下同时行动。他们人少呀，看他娘的怎么应付？肯定会顾此失彼……”

焦老头把他们说懵了，说得他们自叹弗如，仿佛在他面前都变成了婴儿。指挥部的头头到这时才想起，他们手里有从军分区抢来的一支信号枪，先前觉得没什么用。难道下令开枪或进攻，还需要朝天上打信号弹吗？真不如躲在墙后吆喝一声来得快。听完焦老头和盘托出的军事计划，头头恍然大悟，原来把信号弹打上天，是给各个穿插小组看的。

这一回，信号枪成了成败的关键。头头慎重地把它交到一个发小手上，让他听候开枪的命令。焦老头并不抢头头的风头，他只提出建议，由头头决定是否采纳。其实头头哪有判断的份呢？他只会几手制浆车间的活儿，看过几部打仗的电影。所以，焦老头的建议等于是忠告，他只能照单全收。

黄州上空第一次升起了信号弹。与工人们的想象相反，他们以为信号弹夜间才显眼，没想到信号弹不止冒着白烟，还发出刺眼的亮光。信号弹落地之前，远近的枪声已连成一片。没过多久，指挥部的人就看见地委大院里有好几处出现了造纸厂造反派的旗子。布在正面的佯攻小组，也大着胆子，开始了强攻。他们冲过广场时，已听不到对方子弹打在地上"扑出""扑出"的声音。原来那几面突然出现在地委大院的旗子，让守在前沿的机械厂造反派慌了神，急忙扔了枪，撒腿就跑。其实他们也跑不远，随着造纸厂造反派的穿插小组，从大院侧面和背面把包围圈收拢，逃跑的人多数也成了垂头丧气的俘虏……

指挥部里的气氛达到了高潮，人人都有些失态，狂热地为胜利喝彩。头头的发小甚至嫌不过瘾，还朝天空乱打信号弹来为大家助兴。一直折腾到发现焦老头不见了踪影，他们才安静下来。头头急忙向几个青年工人打听焦老头的情况，一问三不知。焦老头就像幽灵，帮了他们一把，又溜得没影没踪了。

起初，焦老头跟他们一样兴奋不已，他藏了二十来年的战争技能，不经意有了用武之地。但他刚嚼了嚼眼前的胜利滋味，心就猛地往下一沉。他拔腿就溜，赶紧奔回家里。他越想越怕，连忙收拾了衣物，去投奔乡下的亲戚。他知道，这么漂亮的一仗，一定会把他的名声传开，如果他继续留在黄州镇上，不说机械厂的造反派会来报复他，两边的造反派迟早会知道他的底细，即他曾是国民党军队旅长的底细。

他什么情况都想到了，就是没想到机械厂的造反派，被他指挥的那一仗逐出了黄州，竟去了他乡下亲戚家的那个村子，并发誓要用“农村包围城市”的游击战，夺回黄州……

批注

地委大院门口的牌子，特别醒目，站在十字街口，就能隐约望见。姜浩描写的地委大门广场，已经变成一个转盘。我走到转盘时，发现通向七一水库的旧路还在。岔路旁，是一所我曾路过不少次的公厕，居然还没拆掉。我想起，小时曾陪爷爷散步路过这里。记得那天走过广场时，已是下午五时。那时的厕所粪池，一般没有池盖。偏偏这座公厕的粪池，朝着岔路口。爷爷路过粪池时，突然掏出他的肉把子，旁若无人地对着粪池撒起尿来。我当时惊愕不已，不敢相信身边这个掏出肉把子的人，是我的爷爷。我满脸羞红，只盼着路人走来之前，爷爷能撒完尿。这件事让我意识到，我和爷爷完全是两代人，我爷爷新中国成立前是佃户。他与焦老头固然是同代人，但似乎很不一样。焦老头的传奇趣闻，姜浩的姑姑居然还能讲述。她当时不知，那个帮造纸厂打赢仗的奇人是谁，当时在她下放的村子里，没有知青不在传颂那件打仗的奇事。到了八十年代，大家才知那个奇人是焦老头。姜浩的姑姑已不怎么记得现在的事，但八十年代和焦老头见面的事，记得很牢。她觉得自己当时很好笑，像拜佛一样去见焦老头。当时，他已是一方神仙。她说焦老头身着布衣，干干净净，有把布衣穿成绅士的气度。她和焦老头不再陌生时，焦老头讲了他那神仙声名的来由。当年焦老头躲到乡下亲戚家，失了经济来源，为了不成为亲戚家的经济包袱，他开始研究八卦，给人看相算命。没有多久，周围的人就相信他有透视未来的功力。等他可以回城时，已经不用再干别的营生了，守在家里看相就能糊口。他还在家里搭了一个佛龛，把看相和拜佛合二为一，更让人觉得他就是神仙的化身……

21　幽灵

七毛走路从不挑路，不像姜浩，一出二道巷口，就得用脑子挑路走。姜浩主要挑路安不安全。一般走大街不会有问题，街上人多不说，且主要是成人，成人对孩子打架，不会懒得不管。但若是走进巷子，成人没准就没影儿了，凡不是本巷的孩子，难免会被本巷的孩子修理一顿。姜浩曾误入过青远巷。有一天，他给爷爷送饭，心急想抄近路，等进了青远巷，才发现情况不妙。人家已经把去路堵住，还有几个孩子假装想路过他，其实想抄他的后路。他没等抄后路的人靠近，一转身，拔腿就跑。他一跑，那群顽童就在后面拼命追，一直追到望见二道巷，顽童们才收住了脚。他们无疑是慑于七毛打架的赫赫威名，不敢离二道巷太近。

作为黄州出了名的孩子王，七毛当然有底气走路不挑路，尤其走夜路也敢不挑路。他有夜间游荡到很晚的习惯，什么路都敢走。但有一天，七毛找到姜浩，说他前天夜里走路竟走出了怪事。姜浩不觉得七毛会怕什么怪事，就漫不经心听七毛说起了故事。

七毛说的事发生在清明节，按照古法，家家户户应该给亲人上坟，但那天，黄州到处没有动静。因为“破四旧”，人们早戒了那些“坏”习俗。七毛呢，那晚偏用捡来的报纸，烧出了一柱柱的烟，说是想祭一祭死去的父母。他说那烟子一飘到阴间，就会变成阴间的钱，算是他补给父母的孝顺钱。是啊，他父母活着时，他真是太不孝顺了。那晚，他不信整个镇子只有他一人在弄烟子，就没正经地边走边吼，一口气窜了大半个镇子。到处都没有人，他奇怪人们总睡得那么早，不像他，不到半夜绝不会有睡意。他知道青远巷里长着几棵玉兰树，花有白的，紫的，红的。他最喜欢看白花在夜里的色泽，被银幽的月光一照，白花就透着淡淡的幽蓝，使人感到黑夜也令花儿成了幽灵。他可不怕幽灵，喜欢着呢。

玉兰树在青远巷东头，占了一溜，紧贴着北边的青墙，甚至把树冠探进了人家的院子。七毛来到开白花的那棵树下,用平时养成的习惯,打算爬到树上凑近看,没想到树后突然窜出一人,拉住他的手不肯放。

“你有没有看见我爷爷?”

七毛用劲甩脱对方的手,没好气地说:“我他妈也不认得你,哪知道你爷爷是谁?”

七毛冷漠的语气,令对方刚才花一样盛开的脸,骤然萎缩,连身子也缩成一团,蹲在树下。见对方如此不堪一击,七毛倒不习惯了,他欠着身子,语气变得温和起来:

“喂,你说说你爷爷怎么丢的?他有精神病吗?”

没想到烂泥一样瘫在地上的人,噌一声站了起来,怒气冲冲地嚷道:“我爷爷没有精神病,他好好的!有一天,他去参加武斗,就再也没有回来。”

“武斗?”七毛先愣住了,接着镇定地说,“镇上没有哪次武斗,是我不知道的。他参加的是哪次武斗?”

“造纸厂攻打地委那次。”

“那次我太了解了,那次没有死人啊!”

“但那次有人失踪,就是我爷爷,叫焦平,所以,我才会到处找他。”

“焦老头啊，我认得他！”

七毛真有点同情他了，甚至羡慕他，羡慕他和家人有着深情。七毛和父亲的关系，同他一比，只能算不及格。于是，七毛兴致高涨，主动和他聊起了家常。他倚着树，论岁数，大概跟七毛差不多。他的爷爷，人称焦老头，因当过国民党军官，刑满释放后，被镇环卫所临时雇来扫马路。他爷爷虽是武行出身，扫地之余，却只爱读书。他爷爷性子烈，他小时寄住在爷爷家，一般不敢违逆爷爷的意志，被逼着读了很多学校没有的书。这爱好一旦养成，他自己竟割舍不掉了。慢慢地，他懂了许多同龄孩子不懂的世间道理。七毛就服这样的人。他最不屑于搭理那些好学生，他们只在个人表现和功课上好得很，但说到人情冷暖，他们是缺这一课的，冷得很。姜浩坐有坐相，站有站相，俨然一个好学生，与七毛却无隔膜之感，小肩像大人一样，担得起深厚的情谊，这就是七毛为何对姜浩这个好学生始终惺惺相惜。那晚，月亮也来为他们助兴，银圆一般的月亮，始终用清冽的月光为他们的聊天喝彩，直到月亮像从天街滚落的银圆，溅着一路的银光,滚到了巷子另一头……

两人都感到了分手的临近。那人率先从兜里掏出一支金星二八钢笔,二话不说,一把塞到七毛手里,嘟噜道:“留着吧,做个纪念!”七毛以前可没少拿别人的东西,一般还是主动拿的。眼下,人家主动送他这么贵重的金星钢笔,他瞪着大眼,第一次不好意思起来。两人推搡了好几个来回,因感到对方态度坚决,七毛就住了手。对方像有任务在身似的,又急忙撕下飞马牌香烟盒一角,写下家庭和住院部地址,递给七毛。七毛很着急,他没有随身携带像样物品的习惯,平时身上最好的“装备”,是揣一把弹簧刀。那晚出门时,七毛嫌弹簧刀重,懒得费事带着。摸遍所有的兜,七毛好歹拽出了一块皱皱巴巴的蓝格子手帕。手帕已经用过,上面可能还粘着鼻屎,好在月光还不够亮,能继续为他助兴,把这块皱得有棱有角的手帕,照得干净,煞是好看。两人相互拿着对方的礼物,约定再找时间聊,就各奔东西……

七毛从未经历过这么热烈的交谈,这交谈的大火一灭,他可真有点受不了。才过了一天,七毛就按烟盒上写的地址,找到了八卦井巷。这条巷子一向很热闹,七毛走到那家门口，却有冷清的废墟之感，扔在地上的纸屑、瓜皮，竟没有人打扫。七毛咚咚咚敲着布满缝隙的木门。任凭他怎么敲，就是没有动静。七毛只得从门缝朝里瞅，发现客厅的桌椅板凳上，布满了灰尘。他意识到自己应该去医院住院部找对方，他刚要转身，冷不防身边响起了说话声："喂，你瞎搞，这家早就没人啦，这是空房！"只见邻居把头探出门来，朝他喊道。"空房？"七毛琢磨着邻居的话，忍不住嘟囔起来，"不可能呀，他昨晚给我的就是这个地址！""那他写错了，这里早就没人了！"七毛像做错了什么事，连声说："打搅了！打搅了！"转身走到路边，就狠狠咒骂道："这狗日的，居然会把地址写错！"

怎么办？他只能去医院住院部碰碰运气。护士长看着香烟盒上写的床号和姓名，一脸怔怔的神情："他早就……不在人世了。"七毛当然不相信，就让护士长领着，先去看那张病床。烟盒上写的四号病床，住着镇文工团一个练号的小青年。"是他吗？"护士长掉脸看着七毛，七毛失望地摇摇头。护士长领着他又来到太平间，门已上锁，护士长折腾了好半天才打开。进屋好一会，七毛才适应屋里的昏暗。只见水泥地上，放着大小不一的冰块，有的开始融化。护士长领他来到一张床前，掀开那块隆起的白床单，七毛情不自禁叫了起来："就是他！没错，就是他！"护士长还是疑惑不已："你确定晚上碰到的就是他？"七毛连忙点着头，心怦怦直跳。因为他注意到，死者攥成拳头的右手，从虎口露出了蓝格子手帕的一角。这块蓝格子手帕就是烧成灰，他也认得是他的，还像那晚他送给死者一样，皱皱巴巴的。

护士长有点惊诧地看着他说，至今无人来领尸，他唯一活着的叔叔，据说也失踪了。死者得的是肺痨病，数月前听说叔叔失踪，精神就一蹶不振……

姜浩是第一次听说这种怪事，再说，他也认得七毛那块皱皱巴巴的蓝格子手帕，于是向七毛提出，他也想去太平间看看那块手帕，眼见为实。七毛一向有些"宠"这个好学生，真带着姜浩去找了护士长。七毛撒谎说姜浩可能是死者的远亲，想来太平间认认脸。护士长掀开白床单时，七毛差点"哎呀"叫出声来，因为他看见死者手上已没有蓝格子手帕。七毛不甘地问护士长："我们那天来看过后，有人动过尸体吗?”“没有啊,怎么啦?”七毛拿眼瞟了一眼姜浩,一声不吭就离开了太平间。

七毛在路上只做一件事:就是气鼓鼓地走路,死活不说话。快到二道巷时,七毛才忿忿地问姜浩:“你肯定不信我说的事,对不对?”“我信!”姜浩大声喊道。“狗屁!你别撒谎了,你肯定不信!”七毛抬头瞥了一眼巷口,然后把头压得低低的,倾身向前奔跑起来,像一股冷风,窜进巷子不见了踪影……

批注

七毛目前关在黄州监狱里。为了见一见这个传奇人物,瘦叟托黄州政协主任王浩洪,他也是一个作家,安排我们代替姜浩去探监。一见面,七毛不信任地盯着我们,说:“你们不是姜浩,为什么打着他的旗号来找我?”“怕你不见我们。”“我为什么非要见你们?”瘦叟犹豫起来,显然在权衡该怎么说,当他瞥了我一眼,便做出了选择:“因为姜浩……他……登山失踪了……”话音刚落,七毛眼睛里的那股狠劲,刹那间转成了温良。能看出他像失去了亲人一样难过。等难过的劲头过去,他昂起头来:“肯定出了什么岔子,老天爷不该犯这样的错,让一个好人失踪,却把我这种人渣留在世上……”“你也别这么想,你能有这种感慨,说明你已不同于过去。”“哼,坏人也会老的,力不从心了,就想假惺惺悔过自新。”四十年过去,我还能感受到他当年说话的锋芒。“姜浩毕业以后,你们见过面吗?”我的话让七毛想起了一件事。“见过,我们一起撒过尿!”原来七毛三十岁的那年夏天,为了处理黑帮里的杂事,乘车去武汉,大巴在军用码头等候汽渡过江时,他一眼瞥见了另一辆车上的姜浩。两人隔着车窗打完招呼,一同下车去找厕所。没想到长长的汽车排队坡道上,根本没有厕所。对于七毛,这算不上什么事,他走到面朝江水的坡边,大大方方掏出肉把子,撒起尿来。起先,姜浩站着一动不动,当七毛喊道:“来呀,像我们小时候那样一起撒吧!”姜浩面红耳赤,瞻前顾后地凑上前,面对滔滔江水也掏出了肉把子……七毛说,当时他很有成就感,一个堂堂大学生居然跟着他,在众目睽睽下一起撒了一泡尿……见面结束,我向接待的民警,打听七毛入狱的原因,他说："他这种人入狱，一点也不奇怪，他已经进来三次了，前面两次是盗窃国家仓库物质，这次是抢劫。等他期满出狱，不知又会干出什么伤天害理的事，估计还会再逮进来……""会不会社会已容不下他了？"民警为了加强他说话的分量，目光已迸射出一股狠劲："你要是老板，你敢雇他？"

22　学工

姜浩一直盼着学工这一天的到来。说来奇怪，他并不知车床、铣床，或电镀是怎么回事，偏像害了相思病，成天想象自己已是一个合格工人。那年春天来得早，姜浩早早就脱了笨重的棉衣，不知有多少同学也像他一样，早已厌烦了笨重的冬装，愿意轻装便衣，到处蹦蹦跳跳。恰好是梅花盛开，刚脱去手套的时节，学校通知他们学工，班主任领着他们去了镇电影机械厂。

这座工厂只是为电影院的放映机加工各种配件，但姜浩他们一进车间，还是被满屋的车床、铣床、鲍床等设备彻底镇住了。他们第一次闻到了机油的气味，第一次把机器构造看得清清楚楚，甚至第一次手上沾满了黑渍渍的油腻。工人们早知道他们要来，已经备好了请教他们的问题。有个老工人苦恼了很长时间，他始终想算出一个直角三角形的周长,但他只知道斜边的长度。班上的同学都知道,这种数学难题该找姜浩。姜浩当然想帮老工人实现心愿,但光知道斜边的长度,他也无能为力。他和老工人交谈时,突然灵光一现,问另外两条边是否有某种关联?老工人点点头:“当然有关联,一条边是另一条边的两倍。”姜浩把纸笔朝地上一扔,说:“已经算出来了,只是需要用无理数表达。”见老工人困惑不已,他重新拾起纸笔,直接写出了答案。老工人一生都没见过无理数,他和其他工人一样,只受过不完整的小学教育,读书时无理数还没有进入课本。姜浩打开书包,取出无理数表,查出了开根号的数字。眼见无理数变成了有理数,老工人高兴坏了,逢人就夸姜浩有学问,帮他们技术革新小组解决了大难题。姜浩很诧异,满厂的人居然没人知道无理数。

老工人把他十分中意的姜浩亲自领到他的徒弟跟前,请徒弟好好教姜浩开车床。他的徒弟是一个女青工,年纪二十出头,一身蓝色工装服令她精神焕发。据说她是车间的劳模,每天能加工四十个转鼓。见姜浩很爱干净,女青工直截了当地说:“上班期间拿所有工件,必须用手拿,不能怕脏戴手套，这样才能保住你的手，懂吗？”姜浩又听了不少工伤故事，才知道戴手套开车床有多可怕。

姜浩悟性好，学得飞快，不到一周就基本不出废品，加工速度也由最初每天十个，提升到了第二周的三十个。姜浩是第一次跟刚成年的女性相处这么长时间，女青工每天照例站在一旁，瞅着姜浩专心加工转鼓，不时插话和他聊聊天。一旦知道厂里是按他加工的转鼓数给女青工计工分，姜浩开始有了野心。一来他要为女青工挣来平日的劳模工分，不能让女青工因为教他吃亏，二来他要超过女青工每天加工的转鼓数，想要女青工为他感到骄傲。一天，女青工向他打听天气，大概靠得太紧，他第一次闻到了她身上的体香。他由此意识到了她那工装服下的身体轮廓，矜持制服下的荡动曲线，甚至感到了自己心底涌起的一丝欲念。“流氓！”“流氓！”他在心里对自己狠狠骂了几句，才止住了想入非非。不过，这样的欲念却像添加的煤块，让他像烧旺炉火的火车头，马力更足了。学工第三周还没结束，他每天的加工数已超过了女青工，到第四周，他每天已能稳定加工五十个转鼓。女青工异常高兴，除了逢人夸姜浩，还打算托姜浩给班主任带一封信，说要把姜浩的事迹汇报给学校。

女青工把写好的信，封入有“电影机械厂”字样的牛皮信封，封口用糨糊贴得严丝合缝。回家的路上，姜浩才发现手上的信相当厚，至少有六七页纸。他一时想入非非，他真有那么多的事迹需要向学校汇报吗？他使劲想了半天，似乎觉得没多少事迹可以汇报，无非解决了一道所谓数学“难题”，每天加工数超过了师傅，把两者汇在一起也要不了一页纸。好奇心令他想起了七毛讲过的诸多拆信手法。七毛说，懂行的公安会把信统统放进一个蒸笼，蒸不多久，信封就会自己绽开；若只是对付一封信，公安会直接裁开封头，读完信，再把原来的封头剪成新封头，用糨糊封好。剪过封头的信封，会比原来的信封短……他拿着信，还没走到家，手心已沁出一层薄汗。回到家，他怀着自责的心情，采用剪封头的方法，打开了女青工的信。如他所料，他的事迹只占了不到一页的篇幅，他僵着一动不动，继续读完剩余的信。虽然信中只是反复说，她想找班主任学习文化课，但从字里行间，他仿佛听出了一种表白，即她对只有一面之缘的班主任，开始有了眷恋之情。姜浩封上信时，心里有几分忐忑，担心班主任会发现信封短了一小截。同时,不知从哪儿冒出了一个更大胆的念头,他比班主任年轻、英俊,个头也不比女青工矮,班主任能教的不过是小学那点东西,他,姜浩,已经熟练掌握,为什么女青工完全无意来问他……

第二天,姜浩像喝醉了酒一样,路上磨磨蹭蹭,一百个不情愿。最后,他推开班主任的办公室,把女青工的信交到了老师手上。班主任没有避开他,让他等着。读完,班主任瞪大眼睛盯着他,把他吓了一大跳,以为班主任看破了他拆信的把戏。没想到,班主任用商量的口气问他:“你星期天有空吗?”他不明就里地答道:“有空。”班主任便张开双臂,用双手按着他的肩头叮嘱道:“你帮我传话给你的师傅,叫她星期天来我家,你把她带过来,行不行?”“当然行!”姜浩低着头,违心地答道。

当女青工得知这个邀请,兴奋地在姜浩面前走来走去,她说:“你明白吗?这对我意味着什么?意味着我还有希望提高自己的文化程度,不然一辈子只能开开车床……”

到了班主任约定的星期天清晨,姜浩并没有起床。他刚做了一场很伤感的梦,梦见班主任跟女青工好上了。醒来,他决定不起床。的确,那种伤感的情绪,已经引起了他身体的不适,他完全有理由说自己生病了,额头已微微发烫。到了上午十点,传来了姜婆婆那关切的大嗓门:“浩浩,你怎么还没起床?是不是生病了?”“是的,我有点发烧!”姜婆婆闻讯跑着来到床前,赶紧伸手探摸他的额头:“哎哟嘞,我儿真的发烧耶!”听到奶奶的惊叫声,姜浩心里原本沉重的自责,骤然轻了不少。这么说,我真的生病了?这么说,我真有不带师傅去老师家的理由了?

批注

电影机械厂那间高大的厂房,经过搭楼板、喷漆等乔装打扮,摇身一变,成了吸引黄州中产阶级喝茶、谈事、打牌、谈情说爱的休闲娱乐区。我和瘦叟慢慢踱步,上上下下看了一圈,大致看出了厂房原来的结构。休闲区的物业人员中,有几个原来电影机械厂的老工人。一提到那个劳模女工,他们的眼睛骤然一亮。“她后来高升了,去了县团委,接着又去了地委……”他们把话刚说一半,就突然停下了。我有点着急，不停催促道："后来呢？后来呢？"有个老师傅见没有人肯动嘴，就自告奋勇地嚷嚷道："算了，还是我来揭疤做恶人吧！她后来做到了地委副书记，但干了两届就出事了，还不是贪污！""光贪污？她光婚外的情人就一堆。"有个妇人忿忿不平地插话道。"那她现在呢？""在牢里，还没出来。""是在黄州监狱吗？""鬼知道！"我不怎么奇怪这类事，倒是关注班主任的感受，班主任知道那个女工后来的事吗？当然，我和瘦叟不会用这些与遛鸟无关的事，再去打搅班主任了。

23　女神

荭丽把头发扎成一束高马尾，加上个子高挑，无论怎么走路，马尾辫真的就像一匹高头大马的秀尾，在别人面前左摇右荡，既有风情，又威风凛凛。小五一帮人，只要逮着机会走在她背后，就变得安静，目光像一根根粘知了的长竿，牢牢粘在她的确良的白衬衣和蓝裤子上，被她一步一步拖着往前走。每当她有所觉察，刚一回头，他们已纷纷把“长竿”甩向水沟、行人、大树等。他们故作不惊，一起给她造成一个印象：他们冷漠得很，谁也不在乎她。一旦他们走到她前头，这冷漠的印象还会变本加厉。他们勾肩搭背，彼此插科打诨，似乎没人有工夫和心思回头看她一眼。

小五一帮人，这有着“扁头”“瓢儿”“猴子”“团长”等外号的一帮人，全部来自口碑极差的造纸厂，据说那里诞生了黄州第一个黑帮。大概由于营养不良，他们个头都矮小，头顶勉强齐到莛丽的肩。莛丽以她上小学的小小年龄，尚弄不清小五一帮人，与黄州第一个黑帮到底是什么关系。所以，每次见到他们一帮人围上来，故意堵她的路，她虽然表情冷漠，故作镇定，心里其实吓得不浅。她没有胆子穿过这帮人，总是设法绕开他们，落荒而逃。

有一阵子，她与小五同桌，小五想出了无数为难她的方法。小五家里有一把一尺多长的界尺，就拿来在桌上画“三八线”，画的时候，线还故意朝莛丽这头挤占地盘，同时约定谁越线就罚谁。莛丽个头大，一不小心，手和身子就越出小五画的“地牢”。小五便借机冷酷地捶她的手，或踩她的脚。因为有所谓约定，她也只能受着。小五一帮人，还帮小五发明了新方法。莛丽偶尔会把高马尾换成两只羊角长辫。有时，上课昏沉之际，莛丽不经意趴倒在桌上，长辫会不小心越界。每到此时，小五就故意掀开桌盖，把长辫轻轻压在桌盖下。小五懂得必须“轻轻”，这样莛丽一抬头，头皮会扯得一阵轻痛，他就能享受到恶作剧的快乐。若是压得太重，莛丽的头皮不止会扯得剧痛，还有掀掉头皮的危险。小五当然拎得清，他压发辫的力度，总是恰到好处。

莛丽的家，离赤壁不远，与阮家凉亭只隔着一道围墙。墙内是有着“大格局”的县委大院，当时盖了不少让黄州人羡慕的新楼。莛丽读的人民小学，离大院不远，她每天上学或放学，进出大院的北门，都会经过阮家凉亭。她刚上小学三年级时，父亲不知犯了什么错，被下放到农村干校改造思想去了。于是，她和并不常说话的母亲，一起熬着过日子。父亲每年也有几次回城，只是时间都很短暂，待她刚克服前两天的拘礼，开始可以放肆地撒娇时，父亲又得回干校了。父亲在她心中就是菩萨，每当她和母亲熬得精疲力竭，父亲就回来一次，靠两三天的欢天喜地，给她俩的精神充一次电。但在学校，父亲的名字似乎含着不洁、晦气，即便老师念家长名字时并无恶意，同学们看她的目光却相当意味深长，这让她不敢去触碰这个名字，也不允许同学去触碰。偏偏有一天，小五触犯了这个“天条”。

小五一帮人，明知小五和莛丽高矮悬殊，头只齐到她的胸，她只需伸出双臂，他根本没法近身，“一帮人”还是怂恿小五，说他没有胆子敢当她的面喊她父亲的名字。小五自恃是男孩，认为女孩的力气应该远不如他，于是，和那一帮人打赌,赌他要是喊了,每人给他五分钱。为了达到最大效果,小五特意选上课铃声刚响完,老师刚进教室的时候喊。“陈家铭——”他的喊声很洪亮,让人感觉他中气很足。话音刚落,满教室的目光,先齐刷刷投向他,接着又纷纷落到莛丽身上。碰巧那堂是班主任的课,班主任听完一头雾水,不由自主地问小五:“陈家铭是谁?”他早忘了家长名单上的那些名字。小五不愿放过这样一个大好机会,他又用撞钟一般的洪亮声音,故意向老师解释道:“陈家铭是陈莛丽的父亲,正在五七干校改造思想!”“小五,你给我闭嘴!”莛丽噌地站起来,朝他怒吼道。教室里立刻鸦雀无声,班主任连忙接话规劝小五:“刘小五,你记着,随便喊同学家长的名字,是很不礼貌的行为,希望你下不为例!”

下课铃声一响,待班主任款步走远,莛丽右手拎着斜跨的书包,冲到了小五坐的第一排。小五正露着陶醉的神情,他一边慢吞吞折着纸飞机,一边想着如何花那一帮人输给他的钱。“我今天要给你一个教训!”莛丽边喊边把书包砸在了小五身上,“嘭”“嘭”“嘭”狠狠地砸了几下。小五跳起来时,莛丽已经闪开。她在空中挥着书包,抡成一个保护自己的圆盾，令小五无法近身。小五尝到了个子矮的苦衷，他跳上桌子，试图居高临下地攻击荭丽。两人交手了好几个回合，因荭丽手臂长，加上挥着书包，小五还是够不着，倒是手臂又被书包砸了好几下。这进一步的“教训”，令荭丽有点害怕，她不想进一步得罪他，转身就跑，小五紧追不舍。教室外面满是课间休息的学生，小五铆足劲追了十来米，见大家一起看着他，顿时泄了气。当大家东张西望，还想弄清事情的原委时，他已止步回了教室。

小五继续上课，但什么也不听，在纸上一笔一笔乱画着，画的都是乱糟糟的心情。到了下午最后一节课，也没见荭丽来上课。快放学时，他心里拉响了警报。他担心荭丽会去班主任那里告状，荭丽是班长、班花，班主任大概会一边倒，袒护荭丽。小五尝过班主任的厉害。有一次，小五死活不交班主任布置的作业，班主任也不打招呼，直接闯进他家，向他父亲告状。小五不但补了作业，还被父亲用皮带狠狠抽了一顿。小五带着满身的青痕，去向那一帮人汇报挨打的心得，小五总结班主任的手法是“以夷制夷”。小五知道，班主任对造纸厂的人没有好感，把他们都视为野蛮的夷人。荭丽有一节课没来上，如果荭丽把原因归咎于小五，班主任大概又会动用“以夷制夷”。

另有一帮化肥厂的高年级生知道了小五的事，出于为小兄弟两肋插刀的江湖义气，找到了小五，打听荭丽家的地址。一开始，小五推说不知道，但转念一想，就算他不说，他们终究还是会找到她家地址。于是，小五用他擅长的吹牛口气说，荭丽有四个哥哥，其中一个还在镇上的军分区当排长。听罢，这帮高年级生不再吭声，离开小五时，个个都显出了爱莫能助的神情。

翌日，小五去教室上课，未见班主任有任何异常，班主任嘴上的话题，还是鲁迅。很显然，班主任对他和荭丽昨天打架的事一无所知。荭丽走进教室时，跟往常一样，一摇一荡，腰肢生风，若无其事，根本不瞅他一眼。下午自习课时间，班主任来找荭丽，叫她到操场照相。迎着已没有热力的夕阳时，班主任忍不住说，你长得太漂亮，如果不及时帮你留张照片，将来你会后悔的。班主任边调快门边问她：“你和小五后来没事吧？”

“没事呀，事情早就过去了！”

“是啊，对这种差生，你作为班长，既要原谅他，还要帮助他！”

“嗯嗯。”

那是一张黑白照片，照片上的莛丽，扎着两只羊角辫，眼窝微凹，嘴角抿出一丝微笑，无比动人。

一年后的一天，一直对莛丽不好的小五，露了馅。他那本摸得相当破旧的日记本，原本藏在褥子下面，不小心被父亲发现了。父亲很诧异，里面的文字像供菩萨一样，供着莛丽，满纸都是爱恋的心思。里面还列出了“扁头”“瓢儿”“猴子”“团长”等说的话，从父亲的角度看，那些话都很肉麻，什么“和莛丽做了同学，对其他女生就喜欢不起来了”，“莛丽要是我女友，为她死都愿意”……父亲拿出很长的皮带，来纠正小五的思想“邪念”，单是小五的腿上，就留下了二十多个青痕。父亲还破天荒去找班主任，递上小五的日记本，希望老师一个不落，把“扁头”“瓢儿”“猴子”“团长”等，统统惩罚一遍。

班主任第一次发现，小五写起恋爱日记来，字迹工整干净，完全没有做作业的潦草。他还发现，小五一帮人谈论莛丽时，不像平时他们说话，脏话连篇，他们竟没用一个脏字，甚至不允许别人给莛丽起外号。班主任把日记本锁进抽屉，找来了小五一帮人。他开门见山，说他们还是学生，学生有学生的本分，不要成天想成人的事，爱情是十八岁以后才可以考虑的。见他们纷纷点了头，觉得敲打也够了，就匆匆结束了“教育”。

晚上夜深人静，班主任忍不住又拿出日记本，认真捧读起来，竟然又有了新发现。小五那些谈论爱情的文字，颇有一点神圣的宗教味道，那感觉就像僧人谈佛经，不容一丝亵渎。为什么平时满口脏话的差生，一涉足爱情，会变得如此郑重、严肃、高尚？班主任闭目想了好一会，好一会，似乎慢慢悟出了一点道理……

批注

莛丽是黄冈中学校友会的秘书长。巧的是，我回黄州期间，她正在黄州举办黄冈中学校友峰会。更巧的是，瘦叟是她的中学同学。等她办完会，送走了宾客，我们找到她，拉拉杂杂聊起了往事。因她而痴情的同学还真不少，有的痴情故事还延续到了上大学和工作期间。我问她："这么多男生喜欢你，你当时是怎么想的？""我当时不知道他们喜欢我呀，因为他们总是故意找我麻烦，我恨死他们了。""你什么时候才知道他们喜欢你？""在毕业四十年的同学聚会上，他们才纷纷表白。""那次聚会我在国外没有参加。你当时听了是什么感受？""听到那些迟到的表白，我突然很感动，觉得同学一场真是美好！我现在和他们都是哥们了，无话不说。""有没有什么遗憾？"不知是不是我的问题本身带着寒意，她因兴奋而红润的脸，骤然黯淡了不少。"当然有！"她垂下头承认道。"与谁有关？"我追问道。她抬起头时，满眼已噙着泪珠。"当然是姜浩！""你什么时候才知道姜浩喜欢你？""刚上大学的时候。""是怎么知道的？""他给我写了求爱信。""那后来呢？""后来他，他……"

各位读家，欲知后事，且听下文分解。

24　老师

姜浩每次走进教室，脸上的“壮举”，会引起莛丽和一些男生的注意。他皮肤原本就白，突然间，脸会红得像一面国旗，加上窘得走路也不正常，身子半僵着一颠一颠，倒给人十分招摇的感觉。那些差生悟性非常好，很快给他起了个外号，叫“红泥地”。念的时候，音稍微一谐，就读成“莛丽的”，这才是他们起这个外号的本意。

姜浩只要坐下来，就一成不变地做他的功课，读他的书。他在教室读的书也有规矩，他从不读班上流行的杂书。那些杂书和他桌肚里仅有的几本书很不一样，桌肚里的书不带一丝色情和暴力，连爱情也罕见，能沾上爱情的书，只有一本《钢铁是怎样炼成的》。杂书对其他同学来说，就像定期打牙祭，可以让他们定期见见荤，毕竟课上讲的东西，都太正板，素得寡味。杂书既来自同学的交换，也来自左邻右舍的互借，旧版武侠小说、志怪小说、鸳鸯蝴蝶派小说、苏联侦探小说、科幻小说，甚至《十日谈》、简版《金瓶梅》等“大毒草”，倒也样样俱全。姜浩在班上目不斜视杂书的定力，并不得其他同学的尊敬，倒让他与大家格格不入，唯有荭丽对他另眼相看。

那时，男女界限深得像一条鸿沟，没人敢轻易对异性示好。唯有差生，常用吓人一跳的打闹，甚至咒骂，试图越界，用令同性佩服的冷酷无情，掩饰对异性的观察和兴趣。荭丽越被那帮差生惊吓，就越对姜浩有好感。有一次，她表现得很勇敢，当那帮差生又高声把姜浩的外号“红泥地”，喊成“荭丽的”，荭丽不紧不慢站了起来，大声宣布：“我就喜欢这个名字，就是荭丽的，怎么啦？你们喊呀，声音怎么跟蚊子似的？大声喊呀！”说来也怪，荭丽气呼呼刚把话说完，那帮差生就不动嘴皮子了，顿时像一根根老丝瓜，蔫蔫地缩在原地，充满挫折感。

姜浩的爷爷奶奶，除了儿女给的赡养费，唯一额外的经济来源，是爷爷担河沙挣的工分。因粮食不够吃，爷爷就把挣的工分，让搬运队折算成粮食给他，这比拿钱去买黑市粮食合算。班上同学基本不知姜浩如何交学费，但此事瞒不住班长莛丽，她知道每学期开学前，姜浩和姜婆婆会背几袋米，送到学校食堂抵学费。莛丽家境好，她也动过想帮他的念头，比如偷偷塞点钱给他，可想到小五一帮人始终盯着她，万一被他们得知，她怕是跳进黄河也洗不清，就没敢有动作。他俩倒是做了另一件瞒住众人的事：偷偷递纸条。

姜浩一直是班上的学习委员，莛丽作为班长，便有机会与他接触。比如开完班会，莛丽会单独叫住姜浩，商量如何帮助差生。莛丽就把事先写好的纸条，递给他。通常第二天，姜浩会再递纸条给莛丽，作为对她前一个纸条的答复。到后来，莛丽每周想递的纸条数，已超过了他俩能接触的次数，姜浩就想到一个更好的办法。学校操场中央，有一棵大家都熟悉的香樟树，树干粗得两人都抱不过来，姜浩发现，树干表面布着大大小小几十个小窟窿，是藏纸条的好地方。两人约定并不显眼的一处窟窿，作为交换纸条的“情报站”。情报站一直运行良好，纸条一来二往，既隐秘又畅通无阻。只是两人并不知，此事竟没能瞒住班主任。

班主任有慢性咽炎。一天课间，他回家取胖大海，走到操场东南角时，荭丽站在香樟树下的异常举动，引起了他的注意。他很知趣地低头走路，没有像往常那样横穿操场。等放学的人走光了，他来到香樟树前，在布满窟窿的树皮上，渐渐看出了名堂。有个窟窿被纸塞得死死的。窟窿里的纸团，当然经不住他用指甲抠，抠出来一看，他吓了一跳。纸条上写着："荭丽同学：你好！你问的那道数学题，有三种解法，我全部列在下面……"信后的落款是姜浩。班主任连着读了好几遍，总算回过神来：姜浩一定取走了荭丽的纸条，大概荭丽第二天还会来取姜浩的纸条。

班主任从此多了一个习惯，每天等放学的人走光了，会绕着香樟树溜达几圈。他读到的纸条，既有姜浩的，也有荭丽的，内容都稳重如泰山，没有丝毫男女私情。"姜浩同学：你好！那道算地主一年地租的题，我实在想不出来，你帮我解下题，最好能用文字解释一遍……"姜浩在学校的性格很温顺，总是有求必应，"荭丽同学：你好！这道题并不难，关键是用已知地租的百分数，算出其他地租是多少……"班主任没有止住自己的好奇心，成了“情报站”的长期读者。茳丽的请教，起先限于数学，不久又延伸到了体育。姜浩是男子排球队的二传手，茳丽也是女子排球队的二传手，“情报站”便出现了这样的纸条：“姜浩同学：你好！我现在传球的问题很大，手指力量不够，经常不能在0.3秒内把球传出去，总是造成持球，不知有没有好的解决办法……”“茳丽同学：你好！刚开始我也有类似的问题，后来通过做五指俯卧撑，手指触球时变得更有弹力，就不再持球了。对女同学来说，可以用手抓重物，来提高手指力量……”“姜浩同学：你好！我发现你发飘球的比例很高，你是怎么做到的？能告诉我窍门吗……”“……关键在抛球和击球，抛球要做到球不旋转，让气门芯在球中心偏上的位置，击球方向和地面形成的夹角，越小越好，又要保证球能过网……”这样一路读下来，班主任渐渐有了失落感，觉得姜浩才是茳丽心中真正的老师。

转眼临近小学毕业，那时没有择校的困扰，学生是按片区择校，城东的孩子基本上黄冈中学，城西的孩子基本上黄州中学。“基本”是指，如果城东的孩子非要上黄州中学，或城西的孩子非要上黄冈中学，教育局也不阻拦。每人照例是要填志愿的，因为路途远，少有城东的孩子会填黄州中学，或城西的孩子会填黄冈中学。姜浩和荭丽都住在城东，与城东的孩子一样，概莫能外，都填了黄冈中学。班主任负责核对学生的志愿，他找到姜浩，反问他为什么不填黄州中学。姜浩不解，诧异地问老师："我住城东，不是应该填黄冈中学吗?"班主任把一张新的志愿表，稳稳地递给他说："按片区择校，只适合别人，不适合你!"姜浩更困惑了，于是虚心地请教班主任，班主任便问他："你想想，你最擅长什么?""数学和排球。""我猜，你大概不想一辈子打排球吧?""是的，不想!""黄冈中学有排球队，但黄州中学有地区最好的数学老师。"姜浩起先愣了一愣，接着马上说："朱老师，我明白了，那我填黄州中学!"

那年九月，荭丽到黄冈中学上学时，才知姜浩去了黄州中学。得知消息的那一刻，她心里涌出了莫名的失落感……

批注

所有喜欢莛丽的同学中，只有姜浩给莛丽写了求爱信，且这封信整整酝酿了六年，到姜浩上大学时才寄出。我问莛丽当时是怎么对待这封信的，她说她想都没想，直截了当回绝了。“为什么不认真考虑一下？”“当时觉得性格不合适，他太内向。我喜欢活泼的，能说会道的。”“现在后悔吗？”“有点后悔！”“后悔什么？”“我应该和他轰轰烈烈谈一场恋爱，哪怕不嫁给他。我这一生，其实就没有好好谈过恋爱。我随随便便就嫁了人，婚姻并不幸福……”接着，她说出了她给姜浩造成的影响。姜浩中学成绩特别好，本来高考分数够上北大，但听说莛丽报考了武大，就毅然放弃北大，上了武大。他不知，莛丽的高考志愿又被家长改成了川大，是怕分数够不上武大的录取线。姜浩收到她的回绝信，从此一蹶不振，放弃了读博士做学问的雄心，在武大混了四年。又有一件事，更是雪上加霜。有年回家探亲，姜浩在黄州十字街，见到莛丽和她后来的丈夫一同逛街。姜浩立刻避开他们，逃之夭夭。据说，就是在那一年，姜浩突然接受了一直追他的大学女同学，并在当年秘密完婚。当时大学有不能结婚的规定，他只能回乡秘密结婚。“你是怎么知道这一切的？”“很多年后，我们在网络上有了联系，他亲口告诉我的。他还写了很多没有寄给我的信，据说都被他太太一把火烧了……”

25　背单词

姜浩上初中时，姜婆婆把家搬到了吵吵嚷嚷的大码头，江水的拍岸声也昼夜响个不停。大码头一侧实际围着造纸厂，附近的居民都盼着工厂能把地征去，好去做厂里的工人。姜浩家紧挨着造纸厂的宿舍，中间只隔着一堵砖墙，甚至小五的家人打开窗户，都能听见姜浩家后院的动静。

每天早晨六点，姜浩必定会起床。那时天刚麻麻亮，姜浩的爷爷奶奶要到六点半才起床，开始做早饭。姜浩会到后院，利用这安安静静的半小时，背英语单词，练英语发音。姜浩的英语发音，被黄州方言纠缠得厉害，为了上课回答提问时不被同学嘲笑，他每天清晨会依照音标，大声纠正自己的发音。一天清晨，他像往常一样在后院来回踱步，大声念着英语单词，不料砖墙另一侧传来了叫骂声："你个狗日的，还不起床，你来听听，你同学姜浩早就在背英语单词了！你看看你跟人家的差距有多大……”听出是小五父亲的大嗓门，姜浩不敢把念单词的声音停下来，他怕小五狡辩说，后院哪有什么声音？更会遭到一顿暴打。姜浩每天继续雷打不动地到后院念英语单词。十有二三，砖墙另一侧会传来小五父亲的叫骂声。

一天，姜浩上英语课时，受到了英语老师的表扬，说他的英语发音，进步神速。课间休息时，一向跟他没有往来的小五，突然跑来找他，神情严肃。小五撂起裤腿，让他看腿上的一块块青痕：“你他妈英语是进步了，你的每个进步，都变成了我身上的伤痕……”原来小五父亲每听姜浩念几天英语，就会对小五发一次火，把他暴打一顿。姜浩没有回嘴，顿时耳根通红，羞愧难当。翌日清晨，他走到他家的屋前空地，对着空地前横着的一条码头通道放声念单词。

每天清晨，南来北往的人不少，多的是挑担子进城的，或拉板车过江的农民。姜浩就在挑担子的哼嗬声中，板车轮子的辚辚声中，扯着嗓门，不停练着英语发音。

又一天，小五不等放学，又急匆匆来找姜浩，他不像上次那样理直气壮，倒显得有点不好意思。他歪着脑袋央求姜浩："你还是到后院来念英语吧，我爸听不到你念英语，每天就逼我起床念英语，我一念错，他就打我。你在后院念英语，我好歹还不会天天挨打……"

批注

我一直不知小五在哪里。一天晚上，我刚忙完回到黄州宾馆，正掏卡开门，屋里响起了电话铃声。是谭冰打来的，说小五不知从哪儿知道我回来了，一定要当晚见一面。"让他过来吧，一晃四十多年了！""四十多年"已把小五改造成了一个大老板，他进屋时，身后有个美女像猫一样，蹑手蹑脚地跟着他。"这是我媳妇！"他理直气壮地向我介绍身后的美女。小五刚在宾馆的床沿坐下，就打电话给张华南，用不容置疑的口吻催促道："黄梵回来了，你赶快来……什么？你老婆要你回家？你自己说说哪个更重要？"张华南进门时，我吃了一惊，他小时给我的印象是高大威猛，肌肉发达。可眼前的他，并不怎么高大，只比我高一点，身躯也不比我魁梧多少。他已是一家国营企业的老总。小五说，他有个在建的俱乐部项目，已规划好要给张华南建一个排球场。“你还跳得起来吗?”小五打趣地问张华南。“怎么会跳不起来呢?”张华南笑着反驳道。我从没见过一个人，能像小五这样牢牢掌控着聊天话题。“你还记得‘团长’吗?”小五突然换了话题。“团长? 当然记得!”我想起他说的“团长”，名叫方向东，印象中有一双大大的眼睛。“他现在是广东的大老板。”小五说，“团长”一直有个心愿，想为黄州建一座机场，好让同学们探亲时能直接飞回黄州……他们个个烟抽得凶，把我宾馆的房间抽得烟雾弥漫。直到“瓢儿”进屋时，大声嚷道:“狗日的，宾馆不能抽烟，再抽警报器要响了!”“瓢儿”赶紧打开窗户，于是，五个被过去搅动着心弦的男人，一起站到窗前，欣赏着窗外城市的流光溢彩，灯红酒绿。小五禁不住问我:“家乡美吗?”“美!”我有点违心地答道。“那就多回来看看，以后回来就住我的酒店，一切我来安排!”我把他们送到酒店门外，一直望着他们的车消失在夜色尽头。不知为什么，我没有马上返回宾馆，而是在户外的虫鸣声中，一直想着张华南的羊角风好了没有。

26　大码头

大码头的坡道漂不漂亮，在姜婆婆看来，是会影响仙人来不来的。这砌坡道的青砖，是民国时烧制的，所以，砖质瓷实，经得住心浮气躁的人乱踩，加上民国的刀功也好，砖切得跟安定片一样齐整，走起路来让人心定。大码头只要停靠客船，姜婆婆总会到门外张望一番，她有爱管闲事的风范，总要用目光把上岸的旅客细细审视一遍。谁要她当过居委会主任呢？就在她居高临下审视时，突然叫了起来："哎呀呀，是仙人来了耶！我就说昨晚怎么会梦到仙人呢？"

她说的仙人，是一个不肯透露姓名的盲老头，去年曾路过大码头。去年初见时，盲老头来到门口，也不说话，只用筷子叮叮叮敲着碗。发觉有人就在跟前，才开口道："行行好啊，给口饭吃，一天都没吃上饭哪。"姜婆婆瞥了一眼那只有缺口的碗，忍不住搬来木凳，让他坐下来。姜婆婆又管起了闲事，问起盲老头的来龙去脉，他刚说自己是团风人，姜婆婆就泪流满面。团风是她的家乡，她最见不得家乡人活得不好……

盲老头和去年一样，还是穿一身灰布衫，手执摸索道路用的长竹竿，微喘着气，还没走到姜家门口，姜婆婆已迎上去，拉住了他的手："我盼星星盼月亮，盼仙人来呀，今天托菩萨的福，真把你给盼来了，快进屋，快进屋……"盲老头这回用不着敲碗了，姜婆婆已掀开蒸锅，舀了满满一碗饭，接着拿出橱柜里装腐乳的瓶子，小心捡了一块红方腐乳，搁在饭上。"仙人呐，你好好吃啊！"盲老头还是笔挺挺坐在木凳上，吃得很香，他边吃边感慨："婆婆你心善哪，阿弥陀佛，菩萨会保佑你啊……"

姜婆婆连忙纠正道："你就是我的菩萨呀，仙人呐，你看相看得准哪，托你的福，我儿子真从西北调回来了……"

盲老头停下筷子，昂起头，把空眼窝对着姜婆婆，好像在回想去年他曾说过什么预言。盲老头许久没有说话，姜婆婆却心急如焚，开始大声请求道："仙人呐，我还有个心病，劳烦你帮我解一解呀……"她说起了很倔的孙儿姜浩，说他几乎成天跟着七毛鬼混，大大影响了他的学业。她说姜浩的屁股她没少打，还是无济于事，真愁煞了她！听完，盲老头还是没有说话，稳稳地低下头去，继续吃饭。直到姜婆婆手足无措，再次向他求助道：“仙人哪，帮我出出主意，我到底该怎么办呀？狠心管吧，我成了他的仇人，不管吧，眼看他就要成坏人……”

“他是仙人，不能乱打！”盲老头突然说道。

“什么？仙人？”盲老头的话，一下令姜婆婆猝不及防。

盲老头用空眼窝镇定地盯着她：“是的，仙人！所以，他不容易被世人理解，这孩子早年苦得很，大了小镇就拴不住他，他将来的世界大得很……”

姜婆婆马上哎呀呀叫起来，一脸不安的神色：“难怪每次打他，他都死活不认账，要从他嘴里掏出一个错字，比登天还难。仙人呐，这么说来是我打错了？这可怎么办呀？”

盲老头像一个哲人，把空眼窝对着房梁想了一会，接着打开斜挎的布包，摸出一张黄表纸。他用手指代替眼睛，摸了摸纸面，仿佛就知道上面写了什么。他把黄表纸递给姜婆婆，嘱咐把它压在孙儿枕下。姜婆婆虽然成天熟听丈夫吟唱唐诗宋词，有时整晚都听丈夫把《汉书》念出声，虽然她用耳朵知道了许多成语、典故，但终究是一个会抑扬顿挫骂娘的文盲。她把这张黄表纸当宝贝，偷偷塞到姜浩枕下，方才心安。

周日中午，姜浩吃完午饭，像往常那样帮奶奶收碗，姜婆婆一挥手："儿呐，你的心意奶奶领了，你快去睡个午觉吧！"姜婆婆盼他多挨着那只枕头，帮她把一切的错追回来。姜浩那天还真是睡不着，他翻来覆去，越睡越无聊，索性起身，想把枕头立起当靠背，坐在床头。他一掀枕头，发现了那张黄巴巴的纸，正反只有一幅小图，和状如皱纹的一些压痕。这张没头没脑的黄纸，让他百思不解。他把枕头细细翻看一遍，大概鼻子吸了枕头里的灰尘，立刻喷嚏连连。他不再把黄表纸当回事，干脆拿它擦了鼻涕。就这样，那张被姜婆婆尊崇的黄表纸，沦为了撮箕里的一团废纸，直到晚上才被姜婆婆发现。

"哎呀呀，这怎么得了，这是仙人给的符咒啊，上面写了字啊，专门用来降邪解蛊的呀！"

"上面没有字，只有一个图，跟你平时烧的纸钱没有两样。”姜浩无动于衷地说道。

“那还是不一样，这是仙人给的呀！”姜婆婆捡起了纸团，打算把它从已经干结的鼻涕中拯救出来。

“仙人？就是那个瞎老头？”

“儿呐，莫这么说话呀！阿弥陀佛，仙人呐，我儿还小不懂事，莫怪他啊……”

“他就是瞎老头嘛，为了要饭吃，尽对你说好话！”

“阿弥陀佛，阿弥陀佛……儿呐，他看得准哪，他说你父母会调回来，真就调回来了！”

“可是没有调回黄州呀！”

“他们调到团风，离黄州已经很近了。仙人也说你是仙人呐！”

“什么？我是仙人？他鬼扯！”

“阿弥陀佛，阿弥陀佛……儿呐，他说你是仙人，说我不能打你。儿呐，奶奶以后再也不打你了！”

姜婆婆的这句话，立刻让姜浩忘记了他刚才的不屑，也不再顶嘴了。是啊，他从没想过那个来乞讨的瞎老头，居然还能给他带来好处。他静静地看着奶奶慢慢剥开那团纸，她简直像一个魔术师，把它剥开还原成一张平展展的黄表纸，再拿条案上的木罐，把它小心压住。

“他说你与众不同呢，这张纸是用来提醒奶奶的！”

“他还会再来吗？”姜浩已期待瞎老头还能再来。

“谁知道呢？世上求他的人多着呢，我们下一回还不知要轮到猴年马月呢？”

姜浩中学毕业考上了大学，姜婆婆高兴之余，又想起了盲老头，她急于对所有人说出盲老头多年前的预言：“我儿命好，早就有仙人指路啊，仙人早就说他要离开小镇，说他将来的世界大得很呐……”

姜浩走了，姜婆婆高兴得哭了一场，又伤心得哭了一场。她说的仙人，再也没有来大码头。后来，大码头也拆了。据说那一块块的青砖，拆下来还是那么好看，有的砖里里外外，还像新的一样。姜婆婆有时还来大码头，她站在已经平整成农田的码头旧地，谁也不知她心里在想什么。她是怕仙人找不到她的家了？还是想找仙人再解一解她晚年的困境？

批注

大概瘦叟把我回来的消息，告诉了黄州电视台，他们提出做一档我的访谈节目。编导打算在节目中插进一些实景镜头，问我想去哪些地点拍摄。我给了他们一份地点清单，大码头排在第一位。我不像姜浩，虽然没有在大码头生活过，但因喜欢看活鱼活虾，喜欢看轮渡和来来往往的渔船，大码头的丰沛旧貌，同样在我心里活灵活现。我跟着摄制组，来到大码头时，一下傻了眼。虽然我把姜浩的小说《大码头》读过不少遍，知道大码头已成了农田，但没有想到，大码头会被清理得如此干净、崭新，完全找不到旧貌的一丝痕迹。连半块残砖，一尺步道，一米江湾，都没有留下。节目播出时，看着镜头里自己走在农田上，煞有介事地说着大码头的旧事，心中无限酸楚。回到南京的第二天，我奋笔写下了一首悼念之诗《老码头》：

我小时居住的码头,已经消失
只剩远处永不迟到的钟声
江水曾把渔火捧在掌心
不理会星光发出的邀请

老码头

我小时居住的码头，已经消失
只剩远处永不迟到的钟声
江水曾把渔火捧在掌心
不理会星光发出的邀请

码头——那颗镶在黑夜大衣上的金纽扣
我曾用打滚的身子，想把它擦得更亮
江水——那副软如乡愁的好嗓子
我曾聆听到天明

某天，为了长大，我弃它而去
我的脚步从此无法入眠——
它们像不停搬家的蚂蚁
打算永远陪着百感交集的道路

直到没法医治的皱纹，爬上我的脸——
中年像尘土，哪怕被阳光照亮

也带着沉沉浮浮的不安

甚至带着囚车的擦伤，乱拾地上丢弃的处方

许多年后，我回到码头——

只看见夜里已经变瞎的江水

渔火的动人眼睛，已不知被谁挖走

曾经热闹的码头，已埋入十亩安静的良田

只剩几根月光的寒鞭，不停抽打我的记忆

写于2016年10月至2018年4月，四易其稿。

图书在版编目（CIP）数据

一寸师 / 黄梵著. 一 南京：江苏凤凰文艺出版社，2019.3
ISBN 978-7-5594-3364-0

Ⅰ. ①一… Ⅱ. ①黄… Ⅲ. ①长篇小说－中国－当代 Ⅳ. ①I247.5

中国版本图书馆 CIP 数据核字(2019)第 034513 号

书　　名	一寸师
著　　者	黄　梵
责任编辑	姜业雨　傅一岑
出版发行	江苏凤凰文艺出版社
出版社地址	南京市中央路 165 号，邮编：210009
出版社网址	http://www.jswenyi.com
印　　刷	江苏凤凰通达印刷有限公司
开　　本	880×1230 毫米　1/32
印　　张	7
字　　数	100 千字
版　　次	2019 年 3 月第 1 版　　2019 年 3 月第 1 次印刷
标准书号	ISBN 978-7-5594-3364-0
定　　价	32.00 元